Scherz Krimi

Spannung mit Niveau

Die 007-James-Bond-Romane

Countdown für die Ewigkeit
Du lebst nur zweimal
Der goldene Colt
Goldfinger
Der Hauch des Todes
Im Angesicht des Todes
Im Dienst Ihrer Majestät
James Bond jagt Dr. No
Liebesgrüße aus Athen
Liebesgrüße aus Moskau
Mondblitz
Octopussy und andere riskante Geschäfte
Sag niemals nie
Der Spion, der mich liebte

Ian Fleming

007 James Bond
Im Dienst Ihrer Majestät

Scherz
Bern – München – Wien

Einzig berechtigte Übertragung aus dem Englischen
von Lola Humm-Sernau
Titel des Originals: »On Her Majesty's Secret Service«
Früher bei Scherz erschienen unter dem deutschen Titel
»007 James Bond und sein gefährlichster Auftrag«
Schutzumschlag von Heinz Looser
Foto: Thomas Cugini
10. Auflage 1989, ISBN 3-502-55929-5

Gesamtherstellung: Ebner Ulm

1

Es war ein strahlender September.
Die acht Kilometer lange, peinlich gepflegte Strandpromenade von Royale-les-Eaux zeigte sich in fröhlichem Fahnenschmuck, und am längsten Badestrand Nordfrankreichs herrschte trotz der vorgeschrittenen Jahreszeit noch immer lebhaftes Treiben.
Für James Bond, der in einem der Betonunterstände saß, hatte der Anblick des unbeschwerten Strandlebens etwas Melancholisches, ja Schmerzhaftes an sich. Es erinnerte ihn an seine Kindheit — an das Spielen im heißen Sand, an den kleinen Berg Muschelschalen auf seinem Fenstersims und an das erregende Schwimmen durch die heranrollenden Brecher. Wie lange lag das alles schon zurück! Bond zündete sich unwillig eine Zigarette an und schüttelte die sentimentalen Erinnerungen ab. Er war jetzt erwachsen, ein Mann mit einer blutigen, gefährlichen Vergangenheit — ein Spion. Und er saß schließlich nicht in diesem Versteck, um gefühlvollen Gedanken über längst vergangene Tage nachzuhängen. Er war hier, um zu spionieren. Um einer Frau nachzuspionieren.
Die Sonne sank tiefer. Die Masse der Badenden rüstete sich zum Aufbruch. Die Lautsprecher am Schwimmbecken verkündeten dröhnend: »Achtung! Achtung! In zehn Minuten wird geschlossen! Um sechs Uhr wird das Schwimmbecken geschlossen!« Die beiden Bombard-Rettungsboote brausten im Schein der untergehenden Sonne nordwärts zu ihrem Ankerplatz im alten Hafen. Die drei Parkwächter bestiegen ihre Fahrräder und fuhren durch die gelichteten Reihen der Autos in die Stadt zurück. In wenigen Minuten würde der Strand den Seemöwen überlassen bleiben.
Und jetzt gaben die Rettungsschwimmer ein letztes Hornsignal, mit dem sie anzeigten, daß ihr Dienst für heute be-

endet war. Die Musik aus den Lautsprechern brach unvermittelt ab. Der Strand war mit einem Schlag leer.
Mit einer Ausnahme! Etwa hundert Meter von Bond entfernt lag das Mädchen immer noch regungslos auf dem schwarz-weiß gestreiften Bademantel. Bond beobachtete sie – genauer gesagt, er bewachte sie. Er hatte das unbestimmte Gefühl, daß sie sich in Gefahr befand. Oder täuschte ihn sein Instinkt? Er wußte es nicht genau. Er wußte nur, daß er sie nicht allein lassen durfte, besonders jetzt, nachdem alle anderen gegangen waren.
Doch darin irrte sich James Bond: hinter ihm im *Café de la Plage* saßen noch zwei Männer in Regenmänteln und dunklen Mützen an einem Tisch auf dem Gehsteig. Sie hatten halbvolle Kaffeetassen vor sich. Sie sprachen nicht miteinander. Sie saßen da und beobachteten James Bond, der durch die Milchglaswand des Unterstandes nur undeutlich zu sehen war. Sie beobachteten auch das Mädchen, aber weniger aufmerksam. Die Schweigsamkeit und die ungewöhnliche Kleidung der beiden Männer wirkten beunruhigend. Der Kellner hatte sie in die Kategorie »Gefährliche Kunden« eingereiht und hoffte, daß sie bald gehen würden.
Als die Sonne das Meer berührte, stand das Mädchen plötzlich auf. Sie fuhr mit beiden Händen durch das Haar und schritt ruhig und zielbewußt auf das Wasser zu. Ein zufälliger Beobachter hätte vermuten können, daß sie zum Abschied vom Urlaub noch ein letztes Bad nehmen wollte.
Bond war anderer Ansicht. Er verließ den Unterstand, rannte die Stufen zum Sand hinunter und ihr nach. Auch die beiden Männer in den Regenmänteln schienen anderer Meinung zu sein. Einer warf achtlos ein paar Münzen auf den Tisch; dann standen beide auf, gingen über die Promenade zum Strand und marschierten in militärischem Gleichschritt nebeneinander in Bonds Fußspuren.
Das Mädchen, der junge Mann, die beiden untersetzten Verfolger – die Szene hatte etwas Gefährliches an sich. Im Café nahm der Kellner die Münzen vom Tisch und schaute hinüber. Das sah nach Polizei aus – oder nach dem Gegenteil! Er würde sich gegebenenfalls daran erinnern. Vielleicht kam sein Name in die Zeitung.
James Bond hatte das Mädchen fast eingeholt. Er überlegte, was er zu ihr sagen, wie er sich ausdrücken sollte. »Ich hatte so eine Ahnung, daß du Selbstmord begehen willst, und bin

dir deshalb gefolgt!« Oder: »Ich bin zufällig hier vorbeigekommen und hab dich gesehen. Wie wär's mit einem Drink nach dem Schwimmen?« Das klang doch einfach kindisch. Er entschloß sich endlich zu: »Hallo, Tracy!« Und wenn sie sich umdrehte: »Ich habe mir Sorgen um dich gemacht!« Das hörte sich harmlos an und entspräche zudem der Wahrheit. .

Ihre Schritte wurden langsamer, als sie sich dem Wasser näherte. Sie hielt den Kopf mit den bis auf die Schultern fallenden blonden Haaren gesenkt.

Als Bond bis auf zehn Schritte heran war, rief er: »Hallo — Tracy!«

Das Mädchen erschrak weder, noch drehte es sich um. Sie ging zögernd weiter, blieb dann stehen. Erst als eine kleine Welle ihre Füße überspülte, wandte sie sich langsam um. Ihre Augen, geschwollen und rot vom Weinen, sahen durch ihn hindurch. Dann murmelte sie tonlos: »Was ist? Was willst du?«

»Ich habe mir Sorgen um dich gemacht. Was treibst du hier? Was ist mit dir los?«

Das Mädchen schaute noch immer über ihn hinweg. Sie hielt die geballte Rechte vor den Mund und sagte etwas, das Bond nicht verstehen konnte. Dann hörte er ganz dicht hinter sich eine leise, ölige Stimme: »Keine Bewegung!«

Bond wirbelte geduckt herum, die rechte Hand in der Rocktasche. Die blinkenden Mündungen zweier Revolver zeigten auf ihn.

Bond richtete sich langsam auf. Er nahm die Hand aus der Tasche. Die beiden Pokergesichter waren beredter als die Revolver. Sie zeigten weder Unruhe noch Erregung. Das dünne Lächeln war sanft und zufrieden. Bond hatte oft genug in solche Gesichter geblickt. Das waren Profis — berufsmäßige Mörder! Er hatte keine Ahnung, wer sie waren, für wen sie arbeiteten und was das alles bedeuten sollte. So blieb er stehen und wartete.

»Verschränken Sie die Hände hinter dem Kopf.« Die ölige, geduldige Stimme hatte einen südländischen Akzent. Sie paßte zu den Gesichtern der Männer — straffgespannte Haut, großporig und gelbbraun. Aus Marseille vielleicht oder aus Italien. Die Mafia? Die Gesichter gehörten guten Geheimpolizisten oder guten Gangstern. Bonds Gehirn arbeitete wie eine IBM-Maschine. Welche Feinde hatte er in dieser Gegend? Blofeld? Verfolgte der Hase plötzlich den Hund?

In ausweglos erscheinenden Situationen ist es das beste, ruhig zu bleiben, nach außen hin Autorität zu zeigen – oder wenigstens Gleichgültigkeit. Bond lächelte den Mann an, der gesprochen hatte: »Ihre Mutter wäre bestimmt nicht mit dem einverstanden, was Sie hier treiben!« Dann verschränkte er die Hände hinter dem Kopf.

Der Mann machte einen Schritt zur Seite, um ein unbehindertes Schußfeld zu haben, während sein Begleiter Bonds Walther-PPK aus der Halfter am Hosenbund zog und ihn fachmännisch nach weiteren Waffen abtastete. Dann trat er zurück, steckte die Walther ein und nahm seinen eigenen Revolver wieder heraus.

Bond blickte über die Schulter nach dem Mädchen. Sie hatte bisher nichts gesagt und zeigte weder Angst noch Überraschung. Sie stand mit dem Rücken zu den Männern und schaute unbeteiligt auf das Meer hinaus. Was sollte das nun wieder bedeuten? Hatte man sie als Lockvogel benutzt? Aber wer steckte dahinter? Und wie sollte es jetzt weitergehen? Würde man ihn umbringen und ins Meer werfen? Das schien die einzige Lösung zu sein. Oder gab es noch eine Chance?

Er hörte plötzlich von Norden her das helle Dröhnen eines Außenbordmotors. In der hereinbrechenden Dunkelheit sah er die schaumigweiße Bugwelle und dann die Umrisse eines Bombard-Rettungsbootes – ein flaches, geräumiges Schlauchboot. Man hatte sie also entdeckt! War es die Küstenwache? Das wäre die Rettung! Bei Gott, er würde diesen beiden Banditen die Hölle heiß machen, wenn sie erst im Büro der Hafenpolizei waren! Aber – wie konnte er Tracy heraushalten?

Bond drehte sich zu den Männern um. Und sofort erkannte er die Ausweglosigkeit seiner Lage. Sie hatten die Hosen bis zu den Knien hochgekrempelt und hielten ihre Schuhe in der einen, die Revolver in der anderen Hand. Also keine Rettung! Das Boot gehörte zu ihnen. Auch gut! Ohne sich um die Männer zu kümmern, bückte sich Bond und rollte seine Hose ebenfalls hoch. Während er Strümpfe und Schuhe auszog, gelang es ihm, eines der in den Absätzen versteckten Messer herauszuziehen und unbemerkt in die rechte Hosentasche zu stecken. Das Boot war inzwischen im seichten Wasser auf den Sand aufgelaufen.

Niemand sprach. Zuerst kletterte das Mädchen hinein, dann Bond und zuletzt die beiden Männer, die das Boot vorher noch frei schoben. Der Bootsführer wendete den plumpen Bug und

gab Vollgas. Während sie durch die klatschenden Wellen nordwärts brausten, wehten die blonden Haare des Mädchens im Wind und kitzelten Bonds Wange.
»Du wirst dich erkälten, Tracy.«
Er zog die Jacke aus und legte sie ihr um die Schultern. Dabei ergriff sie seine Hand und drückte sie. Was, zum Teufel, sollte das heißen? Er rückte näher an sie heran. Sie lehnte sich an ihn. Er sah sich nach den beiden Männern um. Sie saßen geduckt da, die Hände in den Taschen, wachsam, aber ohne persönliches Interesse. Bonds Rechte tastete nach seinem Messer. Er fuhr mit dem Daumen über die rasierklingenscharfe Schneide.
Während er überlegte, wie und wann er das Messer einsetzen könnte, ließ er die Ereignisse der vergangenen vierundzwanzig Stunden noch einmal an sich vorbeiziehen und versuchte, sie in Zusammenhang mit seiner jetzigen Lage zu bringen.

2

Vor fast genau vierundzwanzig Stunden war James Bond in seinem alten Continental-Bentley — Spezialausführung mit einer Sechszylinder-Maschine —, den er nun schon seit drei Jahren fuhr, auf der Nationalstraße Nr. 1 zwischen Abbeville und Montreuil dahingerast. Er hielt ein Tempo von etwa 140 Stundenkilometern und steuerte mit jener schlafwandlerischen Sicherheit, die allen guten Fahrern eigen ist, wobei sich seine Gedanken ganz auf den Entwurf seines Kündigungsbriefes konzentrierten.
Der Brief, natürlich an M persönlich adressiert, hatte bisher folgendes Stadium der Formulierung erreicht:

Sir,
Ich erlaube mir hiermit, Ihnen von meinem sofortigen Ausscheiden aus dem Secret Service Kenntnis zu geben.
Die Gründe für dieses Schreiben, das ich nur mit allergrößtem Bedauern vorlege, sind folgende:
1. Bis vor etwa zwölf Monaten habe ich ausschließlich für die Doppel-O-Abteilung gearbeitet, und Sie, Sir, hatten von Zeit zu Zeit die Freundlichkeit, mir Ihre Zufriedenheit über die Durchführung meiner Aufträge auszudrücken, die ich meinerseits mit großem Vergnügen erledigt habe. Zu meinem Leid-

wesen (Bond fand dieses Wort sehr passend) erhielt ich nach dem erfolgreichen Abschluß des Unternehmens »Feuerball« von Ihnen persönlich den Auftrag, bis auf weiteres meine ganze Aufmerksamkeit auf die Verfolgung und Festnahme von Ernst Stavro Blofeld sowie anderer Mitglieder der Terrororganisation SPECTRE zu richten, falls diese nach ihrer Vernichtung im Verlauf des Unternehmens »Feuerball« neu aufgebaut worden sein sollte.

2. Ich nahm, wie Sie sich entsinnen werden, diesen Auftrag nur widerstrebend an. Ich war der Ansicht und habe das auch damals klar zum Ausdruck gebracht, daß dies lediglich eine Routineaufgabe sei, die genausogut von anderen Abteilungen des Geheimdienstes – eventuell in Zusammenarbeit mit Interpol – durchgeführt werden könnte. Meine Einwände wurden aber zurückgewiesen, und so bin ich nun seit fast zwölf Monaten in allen möglichen Teilen der Welt mit einer belanglosen Detektivarbeit beschäftigt, die sich bisher als völlig nutzlos erwiesen hat. Ich habe weder eine Spur des Mannes noch die einer wiedererstandenen Organisation SPECTRE finden können.

3. Meine vielen Bitten, mich von dieser langweiligen und fruchtlosen Aufgabe zu entbinden, wurden, selbst wenn sie an Sie persönlich adressiert waren, einfach nicht beachtet oder kurz abgelehnt. Die unerfreulichen Umstände haben während meines kürzlichen Aufenthaltes in Palermo ihren Höhepunkt erreicht, als ich eine geradezu empörend falsche Spur verfolgen mußte. Die verdächtigte Person stellte sich als völlig unbescholtener deutscher Staatsbürger namens »Blauenfelder« heraus, der in Sizilien speziellen Problemen des Weinbaus nachgeht. Meine Nachforschungen dort machten die Mafia auf mich aufmerksam, und meine Abreise war, um es gelinde auszudrükken, schmachvoll.

4. In Anbetracht dieser Umstände, Sir, und besonders im Hinblick auf den fortgesetzten Mißbrauch von Fähigkeiten, die mich vorher für die gefährlicheren und für mich interessanteren Aufgaben innerhalb der Doppel-O-Abteilung geeignet erscheinen ließen, möchte ich Sie bitten, mein Rücktrittsgesuch anzunehmen.

Ich bin, Sir,
Ihr sehr ergebener
007

Natürlich, dachte Bond, während er eine S-Kurve nahm, natürlich mußte das alles noch besser formuliert werden. Aber im großen und ganzen würde das der Brief sein, den er morgen nach seiner Rückkehr ins Büro seiner Sekretärin diktieren wollte. Sollte sie ruhig in Tränen ausbrechen! Er hatte es endgültig satt, hinter Blofelds Geist herzujagen. Mit SPECTRE war es dasselbe. Die Organisation war vernichtet.

In diesem Augenblick, er fuhr gerade auf einer etwa fünfzehn Kilometer langen kerzengeraden Strecke durch den Wald, geschah es. Das Kreischen einer Dreiklanghupe dröhnte in seinen Ohren, und ein niedriger weißer Zweisitzer, ein Lancia-Flaminia-Zagato-Sportwagen mit offenem Verdeck, raste an ihm vorbei, schnitt seine Fahrbahn und zog davon. Ein Mädchen mit einem grellrosa Kopftuch saß am Steuer.

Wenn es in James Bonds Leben etwas gab, das ihn außer seinen Schießereien wirklich aufregte, so war es, von einem hübschen Mädchen überholt zu werden. Denn nach seinen Erfahrungen waren Mädchen, die so fuhren, immer hübsch — und aufregend. Mit verkniffenem Lächeln trat er das Gaspedal durch und machte sich an die Verfolgung.

160 ... 170 ... 180 ... und noch immer holte er nicht auf. Bond knipste am Armaturenbrett einen roten Schalter nach oben. Der Motor heulte gequält auf, und der Bentley machte einen spürbaren Sprung nach vorn. 185 ... 190 ... Langsam kam er näher. 50 Meter ... 40 ... 30. Jetzt konnte er ihre Augen in ihrem Rückspiegel erkennen. Doch mit der guten Straße war es aus. Beide Wagen drosselten das Tempo: 140 ... 125 ... 110. Nun waren sie in der S-Kurve, auf Kopfsteinpflaster, und er mußte stark abbremsen. Etwas neidisch sah er, daß ihr Wagen wie ein Brett auf der holprigen Straße lag, während seiner leicht schleuderte. Dann waren sie aus dem Dorf heraus, ihr Motor heulte auf, und auf der kurzen geraden Steigung verlor er etwa 50 Meter.

Und so ging das Rennen weiter — Bond holte auf geraden Strecken auf, fiel aber dank der guten Straßenlage des Lancia bei Dorfdurchfahrten immer wieder zurück. Er mußte zugeben, daß sie einfach grandios fuhr. Ein Straßenschild kündete an: »Montreuil 5 km, Royale-les-Eaux 10 km, Le Touquet-Paris Plage 15 km.« Er überlegte, ob er nicht auf den geplanten Abend im berühmten Casino von Royale verzichten und ihr folgen sollte, wohin sie auch fuhr. Denn er wollte unbedingt herausbekommen, wer dieses Teufelsmädchen war.

Doch die Entscheidung wurde ihm abgenommen. Am Stadtrand von Montreuil war Bond noch 50 Meter hinter ihr, konnte ihr aber mit seinem großen Wagen im Verkehrsgewühl nicht schnell genug folgen. Und bei der Ausfahrt war sie verschwunden. Links kam nun die Abzweigung nach Royale. Bond bog ein; er ahnte, daß er sie wiedersehen würde.
Er knipste den roten Schalter wieder nach unten. Das ohrenbetäubende Heulen erstarb. Er fragte sich, ob der Kompressor dem Motor geschadet hatte. Trotz der ernsten Warnungen von Rolls-Royce hatte er sich von einem Freund diesen Kompressor einbauen lassen. Als Rolls-Royce davon erfuhr, zog man bedauernd, aber kurzerhand die Garantie zurück und wollte mit dem so geschändeten Wagen nichts mehr zu tun haben. Doch alles schien gut gegangen zu sein!
Langsam näherte er sich Royale. Er freute sich auf den Abend und dachte an seine jährlichen Fahrten hierher und natürlich besonders an die große Schlacht am Spieltisch mit Le Chiffre, die schon Jahre zurücklag. Er hatte inzwischen viel durchgemacht, war den Kugeln und dem Tod immer wieder entkommen und hatte viele Mädchen geliebt; aber die Tragödie, die er hier erlebt hatte, zog ihn jedes Jahr zurück, zum Casino und zu dem kleinen Friedhof mit dem schlichten Marmorkreuz: »Vesper Lynd, R.I.P.«
Im Spielcasino würde es heute besonders hoch hergehen. Es war die letzte Nacht der Saison. Zu diesem großen Ereignis würden Spieler aus Belgien und Holland kommen und natürlich alle Stammgäste aus Paris und Lille. Es gab kostenlos Champagner und ein kaltes Büfett, das sich unter der Last der Schüsseln bog. Es war jedesmal ein tolles Fest, das bis zum nächsten Morgen dauerte.
Bond hatte eine Million Francs bei sich – alte Francs natürlich, die ungefähr siebenhundert Pfund wert waren. Er rechnete privat immer mit alten Francs. Das machte ihn so reich! Andererseits gab er seine Spesen in neuen Francs an – das ließ die Summe kleiner erscheinen. Eine Million Francs! Heute war er ein Millionär!
Er bog in die Promenade des Anglais ein. Die schauerliche Empire-Fassade des *Hotel Splendide* tauchte auf. Und davor stand der kleine weiße Lancia, aus dem ein Hausdiener in gestreifter Weste und grüner Schürze gerade zwei elegante Koffer nahm und ins Hotel trug.
Hier war sie also!

Bond fuhr seinen Wagen auf den Parkplatz, auf dem für eine Million Pfund Autos herumstanden, beauftragte den Hausdiener, der jetzt kleine Gepäckstücke aus dem Lancia hob, auch seine Sachen hinaufzutragen, und ging in die Empfangshalle. Der Geschäftsführer begrüßte Bond als alten, willkommenen Gast selbst. Nachdem sie ein paar höfliche Worte gewechselt hatten, fragte Bond: »Übrigens, Monsieur Maurice, wer ist die junge Dame, die mit dem weißen Lancia angekommen ist? Wohnt sie hier?«
»Natürlich, Mr. Bond. Die Dame ist ein sehr geschätzter Gast des Hauses. Ihr Vater ist ein Großindustrieller aus dem Süden. Sie heißt Contessa Teresa di Vicenzo – sicher haben Sie schon in den Zeitungen von ihr gelesen. Die Contessa ist eine Dame, die – ja, wie soll ich es ausdrücken? – eine Dame, die das Leben zu genießen versteht.«
»Aha! Und wie war die Saison?«
Sie unterhielten sich weiter, während der Geschäftsführer Bond persönlich auf sein Zimmer führte. Noch ein letzter Austausch von Höflichkeiten, und er war allein.
Er war etwas enttäuscht. Er mochte prominente Frauen nicht, die, wie Filmstars, der Öffentlichkeit gehörten, sondern unbekannte, die er selbst entdecken und erobern konnte. Zugegeben, vielleicht war das Snobismus. Oder es lag daran, daß man an die Berühmtheiten nur schwer herankam.
Nachdem er seine beiden ramponierten Koffer ausgepackt hatte, duschte er und zog sich um. Dann bestellte er eine Flasche Wein, setzte sich ans Fenster, schaute auf die Promenade und auf das Meer hinunter und überlegte, wo er zu Abend essen sollte.
James Bond war kein Gourmet. In England begnügte er sich mit gegrilltem Fisch, Rühreiern und kaltem Roastbeef mit Kartoffelsalat. Doch wenn er im Ausland war, vor allem privat, dann bedeuteten die Mahlzeiten für ihn eine angenehme Abwechslung. Er beschloß, in eines seiner Lieblingslokale in Frankreich zu gehen, in ein bescheiden wirkendes kleines Restaurant gegenüber dem Bahnhof von Étaples. Er bestellte bei seinem alten Freund Monsieur Bécaud einen Tisch. Zwei Stunden später fuhr er gesättigt zum Casino zurück.
Gestärkt durch eine halbe Flasche Wein und ein Glas zehn Jahre alten Calvados mit drei Tassen Mokka stieg er die Treppe des Casinos mit der absoluten Gewißheit hinauf, daß ihm eine denkwürdige Nacht bevorstand.

3

(Das Bombard-Boot war inzwischen um die Glockenboje herumgefahren und stampfte langsam den Royale hinauf. Bond sah die Lichter des kleinen Jachthafens und überlegte, ob er nicht das Schlauchboot mit seinem Messer zum Sinken bringen und hinüberschwimmen sollte. Doch dann stellte er sich vor, wie die Revolverkugeln um seinen Kopf pfeifen würden. Außerdem wußte er nicht, wie gut das Mädchen schwimmen konnte. Er würde auf eine andere Gelegenheit warten. Er lehnte sich fester an sie und durchforschte sein Gedächtnis weiter nach irgendwelchen Hinweisen.)

Nachdem er in der Eingangshalle des Casinos seine Personalien angegeben und die Eintrittskarte gelöst hatte, betrat Bond die Spielsäle. Er blieb einen Moment stehen, um die elektrisierende Atmosphäre in sich aufzunehmen. Dann schlenderte er zum obersten Chemin-de-fer-Tisch neben dem Eingang zu der luxuriös eingerichteten Bar und wechselte einen Blick mit Monsieur Pol, dem Chef de Jeu. Monsieur Pol wies einen Diener an, Bond zum Platz 7 zu führen. Bond setzte sich. Der Schlitten befand sich am anderen Ende des Tisches bei Platz 3. Freudig erregt und entspannt musterte Bond die Gesichter der anderen Spieler, während seine Banknoten im Wert von hunderttausend Francs in zehn blutrote Chips zu je zehntausend Francs eingewechselt wurden. Bond baute sie ordentlich vor sich auf und beobachtete das Spiel, das einen Mindesteinsatz von hundert neuen Francs (zehntausend alte Francs) vorschrieb. Aber er stellte fest, daß jeder Bankhalter das Spiel mit fünfhundert neuen Francs – einer ganz schönen Summe – eröffnete.

Die Spieler am Tisch waren die übliche internationale Mischung: drei Textilindustrielle aus Lille, zwei dicke juwelenbehängte Frauen, wahrscheinlich Belgierinnen, eine ältere Engländerin, die sehr besonnen spielte, und zwei stämmige Amerikaner in dunklen Anzügen. Darum herum standen Zuschauer und gelegentliche Mitspieler in zwei Reihen. Aber das Mädchen war nicht da!

Das Spiel hatte keinen Schwung. Der Schlitten machte langsam seine Runde, wobei jeder Bankhalter – offenbar aus Angst vor dem dritten Coup, der aus irgendeinem Grund im Chemin-de-fer-Spiel eine gefährliche Hürde darstellt – nach dem zweiten Coup paßte. Jedesmal wenn Bond an die Reihe kam, überlegte er sich, ob er dem Beispiel der anderen folgen und die Bank nach dem zweiten Coup weitergeben sollte. Doch fast eine Stunde lang unternahm er nichts. Als der Schlitten leer war, stand Bond auf. Er ließ sein Geld auf dem Tisch liegen und schlenderte durch die Räume an den anderen Spieltischen vorbei. Er hoffte, das Mädchen irgendwo zu finden. Obwohl er im Auto nur ihre blonden Haare gesehen hatte, wußte er, daß er sie wiedererkennen würde. Aber er entdeckte sie nicht.

Er ging zum Tisch zurück. Der Croupier hatte bereits die sechs neuen Kartenspiele vorbereitet, die in den Schlitten geschoben wurden. Er verkündete laut: »Messieurs, les jeux sont faits. Numéro six à la main.« Das Spiel begann wieder.

Bond bot zuversichtlich dem Textilindustriellen zu seiner Linken banco, gewann und verdoppelte den Einsatz auf zweitausend neue Francs. Wieder hatte er Glück, ebenso beim nächsten Spiel. Jetzt kam die Hürde des dritten Coups. Er schaffte es mit einer glatten Neun. Achthunderttausend alte Francs — achttausend neue — in der Bank! Wieder gewann er, allerdings nur ganz knapp mit einer Sechs gegen eine Fünf. Dann beschloß er, auf Nummer Sicher zu gehen. Er ließ sechstausend neue Francs aus der Bank nehmen, die nun noch zehntausend enthielt. Abermals gewann er. Nun ließ er weitere zehntausend Francs aus der Bank ziehen und zehntausend stehen. Er hatte jetzt immerhin eine beruhigende Reserve von sechzehntausend Francs. Am Tisch betrachtete man diesen Engländer, der so ruhig spielte, mit Aufmerksamkeit. Wer war er? Würde er seinen Gewinn einstecken und die Bank weitergeben? Oder würde er sie behalten? Einmal mußten die Karten ja wechseln! Bond hielt die Bank noch dreimal und fügte seiner Reserve jedesmal zehntausend Francs hinzu. Nun griff die ältere Engländerin ein, die bisher den anderen das Feld überlassen hatte, und bot Bond beim zehnten Coup banco. Er lächelte ihr zu, denn er wußte, daß sie gewinnen würde. Sie schlug ihn mit einer Eins gegen seine drei Könige, die gleich Null waren. Ein Seufzer der Erleichterung ging um den Tisch. Der Bann war gebrochen.

Der Croupier schob Bond seinen Gewinn, Perlmutter-Chips im Wert von sechsundvierzigtausend Francs, über den Tisch zu. Bond gab ihm einen Tausender-Chip und erhielt den traditionellen Dank: »Merci, monsieur! Pour le personnel!« Das Spiel ging weiter.

Bond zündete sich eine Zigarette an und achtete kaum darauf, wie der Schlitten um den Tisch ging. Er hatte ganz schön gewonnen! Jetzt mußte er vorsichtig sein, aber nicht zu zaghaft. Es war bisher ein einträglicher Abend. Erst kurz nach Mitternacht. Er wollte noch nicht heimgehen. Er würde die Bank wieder übernehmen, wenn er an die Reihe kam, jedoch ohne einem der anderen banco zu bieten. Die Karten waren jetzt heiß, er konnte sich nur zu leicht die Finger verbrennen.

Als der Schlitten zu Nummer 5 kam, einem großmäuligen Textilindustriellen aus Lille mit schlechten Manieren, paßte Bond nach dem dritten Coup. Nach dem sechsten waren zwanzigtausend Francs in der Bank. Am Tisch waren alle auf der Hut. Jeder saß plötzlich wieder auf seinem Geld.

Der Croupier und der Chef de Jeu riefen: »Un banco de vingt mille! Faites vos jeux, messieurs!«

Und auf einmal war sie da! Wie aus dem Nichts war sie neben dem Croupier aufgetaucht, und Bond konnte nur einen kurzen Blick auf ihre braunen Arme, ihr schönes braunes Gesicht mit den blauen Augen und dem grellrot geschminkten Mund, auf ihr blondes Haar und das einfache weiße Kleid werfen, ehe sie ruhig sagte: »Banco!«

Alle sahen sie an, und einen Moment herrschte Schweigen. Dann kam das »Le banco est fait« vom Croupier, und das Monstrum aus Lille (so sah ihn Bond jetzt) riß die Karten aus dem Schlitten. Die ihren reichte der Croupier ihr auf seiner langen Schaufel zu.

Sie beugte sich vor, und Bond konnte in ihren Ausschnitt sehen. »Noch eine Karte!«

Bonds Herz sank. Sie hatte im besten Fall eine Fünf. Das Monstrum aus Lille drehte seine Karte um – eine Sieben. Nun zog er eine für sie und schob sie ihr verächtlich zu. Eine kümmerliche Königin!

Der Croupier deckte vorsichtig mit seiner Schaufel ihre beiden anderen Karten auf. Eine Vier! Sie hatte verloren.

Bond stöhnte innerlich auf und beobachtete, wie sie den Verlust hinnahm.

Das Resultat war nicht eben beruhigend. Sie sprach eindringlich flüsternd auf den Chef de Jeu ein. Er schüttelte den Kopf, der Schweiß lief ihm die Wangen herunter. Und in die Stille, die wie die Ruhe vor dem Sturm wirkte, hörte Bond den Chef de Jeu sagen: »Mais c'est impossible! Das ist unmöglich! Es tut mir leid, Madame.«

Wie ein Lauffeuer verbreitete es sich unter den Spielern und Zuschauern: »Le coup du déshonneur! Quelle honte!«
Sie hat kein Geld! dachte Bond. Und aus irgendeinem Grund räumt ihr die Kasse auch keinen Kredit ein!
Das Monstrum aus Lille tat gleichgültig. Er wußte genau, daß das Casino in einem solchen Fall einspringen mußte. Er saß mit gesenkten Augen da und paffte an seiner Zigarre.
Bond war klar, was dieser »Coup du déshonneur« für das Mädchen bedeuten würde. Die Casinos in Frankreich sind eine engverbundene Interessengemeinschaft. Morgen würde bei allen ein Telegramm eintreffen: »Madame la Contessa Teresa di Vicenzo, Paßnummer soundso, wird auf die schwarze Liste gesetzt.« Damit wären ihr künftig alle Casinos in Frankreich, Italien, vielleicht auch in Deutschland, Ägypten und England verschlossen.
Für Bond war das alles Humbug, er dachte nur an das schöne Mädchen, das ihn zwischen Abbeville und Montreuil überholt hatte. Er beugte sich vor und schob zwei der wertvollen Perlmutter-Chips in die Mitte des Tisches. Leicht gelangweilt und erstaunt sagte er: »Entschuldigen Sie bitte. Madame hat anscheinend vergessen, daß wir ausgemacht haben, heute abend gemeinsam zu spielen.« Und ohne das Mädchen anzusehen, wandte er sich an den Chef de Jeu: »Verzeihen Sie. Ich habe nicht aufgepaßt. Lassen Sie das Spiel weitergehen!«
Die Spannung am Tisch wich. Besser gesagt, das Mädchen stand nicht mehr im Mittelpunkt, sondern wieder Bond. Stimmte das, was dieser Engländer sagte? Es mußte wohl! Man zahlt nicht einfach zwanzigtausend Francs für ein Mädchen. Andererseits schien zwischen den beiden keinerlei Beziehung zu bestehen. Und das Mädchen? Sie war völlig ruhig geblieben, hatte den Mann kurz angesehen und war dann wortlos zur Bar gegangen. Irgend etwas schien hier nicht ganz zu stimmen – man wußte nur nicht was! Aber das Spiel lief weiter. Der Chef de Jeu wischte sich den Schweiß ab, der Croupier hob wieder den Kopf, den er wie zu einer Hinrichtung gesenkt hatte. »La partie continue! Un banco de quarante mille! Vierzigtausend in der Bank!«
James Bond betrachtete den immer noch beachtlichen Berg Chips zwischen seinen aufgestützten Ellenbogen. Es wäre natürlich schön, die zwanzigtausend zurückzugewinnen. Es konnte Stunden dauern, bis wieder eine Bank dieser Höhe zustande kam. Schließlich spielte er ja mit dem Geld des

Casinos! Und selbst wenn er den Coup verlor, blieb ihm immer noch ein kleiner Gewinn. Außerdem konnte er dieses Monstrum aus Lille nicht ausstehen. Und es wäre zumindest amüsant, das alte Märchen einmal umzudrehen — erst die Prinzessin retten und dann den Drachen erschlagen!

Er hatte nicht mehr genügend Geld, um der ganzen Summe auf dem Tisch banco bieten zu können, nur noch der Hälfte, was man »avec la table« nennt. Das heißt, daß die übrigen Spieler der anderen Hälfte banco bieten können, wenn sie wollen. Bond, der seinen Vorsatz, vorsichtig zu spielen, vergessen hatte, lehnte sich vor und sagte: »Avec la table!« Er schob zwanzigtausend Francs in die Mitte des Tisches.

Weiteres Geld folgte seinem Einsatz. Das war doch der Engländer mit der glücklichen Hand! Es freute Bond, daß ihn auch die ältere Engländerin mit zehntausend unterstützte. Ein gutes Omen! Er schaute den Bankhalter an. Der Mann aus Lille saß mit verkniffenen blutleeren Lippen da und schwitzte. Er kämpfte sichtlich mit sich, ob er passen und seinen Gewinn einstecken oder sein Glück versuchen sollte.

Der Croupier sagte: »C'est plus que fait, monsieur!« Er wollte das Spiel beschleunigen.

Der Mann aus Lille hatte sich entschlossen. Er zog eine Karte aus dem Schlitten. Dann eine für sich, die nächste wieder für Bond und die vierte für sich. Bond hatte eine Fünf! Eine Zahl, bei der man noch eine Karte fordern kann oder nicht! Die Chancen waren gleich groß! Er sagte: »Nein!« Der Mann aus Lille drehte seine beiden Karten um und warf sie mißmutig auf den Tisch. Zwei Buben! Null!

Es gab jetzt bloß noch vier Karten, die Bond schlagen konnten, und nur eine, die Fünf, mit der sein Gegner ausgleichen konnte. Der Mann zog eine und deckte sie auf. Karo-Neun! Die höchste Karte!

Bond lächelte seinen Mitspielern entschuldigend zu, steckte den Rest seiner Chips ein und ging zur Bar. Eine halbe Stunde zuvor hatte er noch ein kleines Vermögen in der Tasche gehabt. Jetzt hatte er alles durch sein romantisches Verhalten und seinen Leichtsinn verloren. Na gut, er hatte ja unbedingt eine denkwürdige Nacht erleben wollen! Die eine Hälfte war vorbei. Was würde die andere bringen?

Das Mädchen saß allein bei einer halben Flasche Wein und starrte vor sich hin. Sie blickte kaum auf, als Bond sich neben sie setzte und sagte: »Tut mir leid, wir haben wieder verloren. Ich habe versucht, die zwanzigtausend zurückzugewinnen. Aber dieses Monstrum zog nach der Null eine Neun. Ich hatte nur eine Fünf.«

Sie erklärte gelangweilt: »Sie hätten eben noch eine Karte nehmen sollen. Bei einer Fünf mache ich das immer.« Sie sah ihn fragend an: »Warum haben Sie mich eigentlich gerettet, als ich den ›Coup du déshonneur‹ machte?«

Bond zuckte die Achseln. »Hübsches Mädchen in Not! Außerdem haben wir uns doch heute abend zwischen Abbeville und Montreuil angefreundet. Sie fahren wirklich wie der Teufel.« Er lächelte. »Sie hätten mich aber nicht überholt, wenn ich aufgepaßt hätte. Ich hatte ungefähr 140 drauf und dachte an etwas anderes.«

Das hatte Erfolg. Sie wurde plötzlich lebhaft. »Ich hätte Sie in den Ortschaften überholt. Außerdem«, ihre Stimme klang bitter, »außerdem würde ich Sie jederzeit schlagen. Sie wollen ja am Leben bleiben!«

Du lieber Gott, dachte Bond. Eine von denen. Ein Mädchen mit einem oder sogar zwei gebrochenen Flügeln! Er überging die Bemerkung. »Mein Name ist James Bond. Bleiben Sie bitte am Leben, wenigstens noch heute nacht!«

Sie musterte ihn ernst und abschätzend. Dann sagte sie: »Ich heiße Tracy. Das ist kürzer als all die Namen, die Ihnen der Geschäftsführer im Hotel angegeben hat. Teresa war eine Heilige. Ich bin keine! Der Geschäftsführer ist vielleicht ein Romantiker. Er hat mir erzählt, daß Sie sich nach mir erkundigt haben. Wollen wir nicht lieber gehen? Ich bin nicht an Konversation interessiert. Und Sie haben schließlich eine Belohnung verdient.«

Abrupt stand sie auf. Auch Bond erhob sich; er war verwirrt. »Nein, ich gehe allein«, sagte sie. »Sie können später nachkommen. Zimmernummer fünfundvierzig. Dort können Sie, wenn Sie Lust haben, die teuerste Liebesnacht Ihres Lebens verbringen. Für vierzigtausend Francs! Hoffentlich ist sie das auch wert!«

4

Sie wartete im großen Doppelbett, nur mit einem Laken zugedeckt. Das blonde Haar lag ausgebreitet auf dem Kissen, und die blauen Augen strahlten eine Leidenschaft aus, die Bond überraschte. Er verschloß die Tür, setzte sich auf den Bettrand und legte eine Hand fest auf ihre linke Brust, die sich als kleiner, runder Hügel unter dem Leintuch abzeichnete. »Jetzt hören Sie mal, Tracy«, begann er. Er wollte mehr über diese eigenartige Frau erfahren, die Riesensummen ohne Geld setzte, wie eine Selbstmordkandidatin chauffierte und durchblicken ließ, daß sie das Leben satt hatte.

Doch sie verschloß ihm sofort den Mund. »Keine Konversation, habe ich gesagt! Ziehen Sie sich aus, lieben Sie mich! Sie sind schön und kräftig. Tun Sie alles, was Sie wollen. Sagen Sie mir, was Ihnen Spaß macht und was Sie von mir erwarten. Seien Sie grob mit mir, behandeln Sie mich wie die letzte Hure. Vergessen Sie alles andere! Nehmen Sie mich!«

Eine Stunde später verließ Bond das Bett, ohne sie zu wecken, und ging in sein Zimmer zurück. Er duschte, schlüpfte zwischen die frischen, kühlen Laken und schaltete alle Gedanken an Tracy aus. Das einzige, woran er sich vor dem Einschlafen erinnerte, waren ihre Worte, nachdem alles vorüber war: »Es war himmlisch, James! Komm doch bitte zurück, wenn du aufwachst. Ich muß es noch einmal haben!« Dann hatte sie sich umgedreht und war eingeschlafen. Aber er hatte noch gehört, daß sie leise weinte.

Um acht weckte er sie, und es war das gleiche umwerfende Erlebnis. Doch er hatte das Gefühl, daß sie ihn diesmal zärtlicher umarmte, daß sie ihn nicht nur mit Leidenschaft, sondern auch mit echter Zuneigung küßte. Als er aber danach Pläne für den Tag zu machen begann, wich sie zunächst aus. Und als er sie drängte, wurde sie ausfallend.

»Scher dich zum Teufel! Du hast gehabt, was du wolltest. Jetzt mach, daß du rauskommst!«

»Hast du's denn nicht auch gewollt?«

»Nein! Du bist ein miserabler Liebhaber! Raus!«

Bond erkannte, daß sie am Rand der Hysterie war, völlig verzweifelt. Langsam zog er sich an und wartete darauf, daß sie in Tränen ausbrach. Doch sie weinte nicht. Das war schlimm! Offensichtlich war sie am Ende ihrer Kraft. Er empfand Zärtlichkeit für sie, wollte sie beschützen, ihre Probleme

lösen, sie glücklich machen. Unter der Tür sagte er sanft: »Tracy, ich möchte dir helfen. Irgend etwas stimmt bei dir nicht. Aber deswegen geht ja nicht gleich die Welt unter. Ich habe auch Sorgen. Jeder hat welche!«
»Scher dich zum Teufel!«
Bond schloß leise die Tür hinter sich. Es hatte keinen Sinn, jetzt mit ihr zu streiten. Während er in sein Zimmer zurückging, fühlte er sich zum erstenmal in seinem Leben wirklich hilflos.

(Das Bombard-Rettungsboot stampfte weiter flußaufwärts gegen die immer stärker werdende Strömung. Die zwei Gangster am Heck ließen Bond nicht aus den Augen. Tracy lehnte sich an ihn. Merkwürdigerweise fühlte er sich ihr jetzt näher als in der vergangenen Nacht. Irgendwie hatte er das Gefühl, daß sie ebenso gefangen war wie er.)
Im allgemeinen war das Frühstück für Bond eine sehr wichtige Angelegenheit. Aber heute morgen hatte er kaum bemerkt, was er aß. Er saß am Fenster seines Zimmers, rauchte eine Zigarette nach der anderen, starrte auf die Promenade hinunter und dachte über Tracy nach. Er wußte praktisch nichts von ihr. Er kannte nicht einmal ihre Nationalität. Dem Namen nach war sie Südländerin, aber bestimmt keine Italienerin oder Spanierin. Ihr Englisch war fehlerlos. Ihre Kleidung und die Art, wie sie sie trug, deuteten auf beste Herkunft und Erziehung hin — wahrscheinlich in einem Schweizer Internat. Sie rauchte nicht, schien wenig zu trinken, und nichts ließ darauf schließen, daß sie irgendwelche Drogen nahm. Nicht einmal Schlaftabletten hatte er auf ihrem Nachttisch oder im Badezimmer gesehen. Sie konnte höchstens fünfundzwanzig Jahre alt sein, aber im Bett hatte sie die Sinnlichkeit und Routine einer Hure gezeigt. Sie hatte nicht ein einziges Mal gelacht, kaum gelächelt. Sie schien von einer tiefen Melancholie befallen und nach ihrer eigenen Aussage das Leben nicht mehr lebenswert zu finden. Und doch wies sie nicht die üblichen Symptome einer Neurotikerin auf: ungekämmtes Haar, schlampige Aufmachung, zerfahrenes Handeln. Im Gegenteil, sie hatte offenbar einen eiskalten Willen, Selbstbeherrschung und Zielstrebigkeit. Aber was war ihr Ziel? In Bonds Augen der Selbstmord.
Er sah auf den kleinen weißen Wagen hinunter, der unweit von seinem Bentley auf dem Parkplatz stand. Er mußte unter

allen Umständen in ihrer Nähe bleiben, sie bewachen, wenigstens bis er sich überzeugt hatte, daß seine Sorge um sie unbegründet war.

Endlich – gegen halb fünf – tauchte sie in ihrem schwarzweiß gestreiften Bademantel auf. Er rannte zu seinem Wagen hinunter. Es war nicht schwer, ihr zu folgen, während sie die Promenade entlangfuhr und dann ihr Auto auf einem der Parkplätze abstellte.

So war es schließlich zu den Ereignissen am Strand gekommen, die sich langsam ihrem geheimnisvollen Höhepunkt näherten, während das Boot den Royale hinauffuhr.

Was sollte er von all dem halten? War sie freiwillig oder unfreiwillig ein Lockvogel? Sollte es eine Entführung sein? Und wenn, galt es nur ihm oder ihnen beiden? Erpressung? Die Rache eines Ehemannes oder eines Liebhabers? Oder einfach Mord?

Bond zerbrach sich noch immer den Kopf, als der Steuermann das Boot in einem weiten Bogen durch die Strömung auf einen verfallenen Landesteg am sumpfigen Ufer zu drehte. Aus der Dunkelheit blitzte eine Stablampe auf, ein Tau klatschte herunter, und das Boot wurde zu der bemoosten Holztreppe gezogen. Zuerst stieg einer der Gangster aus, dann folgten Tracy, Bond und schließlich der zweite Gangster. Das Boot stieß sofort wieder ab und fuhr weiter flußaufwärts – wahrscheinlich zu seinem ordnungsgemäßen Ankerplatz im alten Hafen, dachte Bond.

Auf dem Landesteg warteten zwei Männer von der gleichen Statur wie die Gangster. Niemand sprach, während Bond und Tracy auf einem schmalen Pfad durch die Sanddünen geführt wurden. Etwa hundert Meter vom Fluß entfernt tauchte in einer Mulde ein Licht auf. Als sie näher kamen, sah Bond, daß es aus der Führerkabine eines jener riesigen gewellten Aluminium-Sattelschlepper drang, die man auf allen Hauptstraßen Frankreichs antrifft. Er wirkte neu, aber vielleicht war er auch nur sehr gut gepflegt. Der Mann mit der Stablampe gab ein Zeichen, und sofort wurde die hintere Tür des Sattelschleppers geöffnet.

Bond umklammerte sein Messer. Bot sich jetzt eine Chance? Nein! Ehe er die kleine Treppe hinaufstieg, warf er schnell einen Blick auf die Aufschrift: »M. Draco. Elektrogeräte. Marseille.« Die Nummer auf dem Schild lautete: 397 694. Ein weiteres Rätsel!

Im Inneren des Lastwagens war es Gott sei Dank warm. Zwischen aufgestapelten Kisten mit den Aufdrucken bekannter Fernsehgeräte-Firmen war ein schmaler Gang. Sollte das eine Tarnung sein?
An beiden Seiten des Ganges waren Kabinentüren. Tracy blieb vor einer stehen. Sie gab Bond seine Jacke zurück, sagte tonlos »Danke schön!«, und ehe sie in der Kabine verschwand, konnte er einen Blick auf die luxuriöse Einrichtung erhaschen. Langsam zog er die Jacke an. Der Mann mit der Pistole, der hinter ihm ging, sagte ungeduldig: »Allez!« und drängte ihn zur nächsten Aluminiumtür dieses merkwürdigen Fahrzeuges. Hinter dieser Tür mußte die Antwort sein. Wahrscheinlich war es ein Mann – der Anführer. Das konnte seine Chance sein!
Bond umklammerte mit der rechten Hand sein Messer, stieß mit der linken die Tür auf, sprang in den Raum, schlug die Tür hinter sich zu und duckte sich, das Messer wurfbereit.
Der Wächter hinter ihm versuchte, die Tür einzudrücken, doch Bond stemmte sich mit dem Rücken dagegen. Der Mann, der nur drei Schritte von ihm entfernt hinter einem Schreibtisch saß, rief in einer ihm unbekannten Sprache einen heiter klingenden Befehl. Und sofort hörte der Druck gegen die Tür auf. Der Mann lachte Bond warm und herzlich an. Er stand auf und hob langsam die Hände. »Ich ergebe mich!« sagte er. »Und jetzt bin ich ein noch besseres Ziel für Ihr Messer. Aber töten Sie mich bitte nicht, jedenfalls nicht, bevor wir einen schönen steifen Whisky miteinander getrunken und ein bißchen geplaudert haben. Dann lasse ich Ihnen noch einmal die Wahl. Einverstanden?«
Bond richtete sich auf und erwiderte das Lächeln. Er konnte nicht anders. Der Mann war ihm sympathisch; er hatte ein so humorvolles, verschmitztes Gesicht, daß Bond ihn ebensowenig hätte umbringen können wie Tracy.
Der Mann trat nun hinter dem Schreibtisch hervor. Er war klein, in mittleren Jahren und hatte ein braunes, verwittertes Gesicht. Er trug einen bequemen Anzug, unter dem sich die kräftigen Muskeln deutlich abzeichneten. Er streckte Bond eine warme, trockene, feste Hand entgegen. »Mein Name ist Marc-Ange Draco. Er ist Ihnen bekannt?«
»Nein.«
»Dafür kenne ich Ihren, Commander James Bond. Sie haben einen der höchsten englischen Orden und sind Angehöriger des Secret Service Ihrer Majestät. Sie sind augenblicklich Ihrer

normalen Pflichten enthoben und haben einen Sonderauftrag im Ausland. Stimmt doch?«
Bond versuchte, seine Verblüffung zu verbergen. Woher wußte Draco das alles?
Draco fuhr fort: »Setzen Sie sich doch. Ich habe viel mit Ihnen zu besprechen. Aber zuerst der Whisky. Okay?«
Er deutete auf einen bequemen Sessel gegenüber seinem Schreibtisch und stellte eine große silberne Dose mit verschiedenen Zigarettensorten vor Bond hin. Dann trat er zu einem stählernen Aktenschrank an der Wand und öffnete ihn: eine komplette Hausbar, der er zwei Flaschen Whisky, Eiswürfel und einen Siphon entnahm. Während Bond sich einen Bourbon einschenkte, sagte Draco: »Ein guter Freund aus dem Deuxième Bureau in Paris hat mir gesagt, wer Sie sind. Er wird von mir für solche Informationen bezahlt. Sie und ich stehen in verschiedenen Lagern – nicht im feindlichen Sinn. Man könnte sogar sagen, wir berühren uns ein bißchen.« Er unterbrach sich, hob sein Glas und erklärte ernst: »Ich vertraue mich Ihnen jetzt völlig an. Ich gebe mein Leben wieder in Ihre Hand.«
Beide tranken. Die Augen Dracos bohrten sich förmlich in die Bonds.
»Ich bin der Chef der *Union Corse!*«

5

Die *Union Corse!* Das Dunkel begann sich zu lichten. Bond sah Draco verblüfft an. Hinter dem harmlos klingenden Namen *Union Corse* verbarg sich eine ältere und tödlichere Organisation als die Mafia. Bond wußte, daß sie die meisten Verbrechersyndikate in Frankreich und in den Kolonien dirigierte. Erst vor ein paar Monaten war ein gewisser Rossi in einer Kneipe in Nizza an der Theke erschossen worden. Und ein Jahr zuvor hatte man Jean Giudicelli liquidiert. Beide hatten offen Anspruch auf den Platz des Chefs angemeldet – dieses fröhlichen, jovialen Mannes, der ihm jetzt so friedlich gegenübersaß.
Offensichtlich war der Lastwagen Dracos fahrbares Hauptquartier. Er und Tracy waren aus einem bestimmten Grund, der ihm sicher bald mitgeteilt würde, hierher »eingeladen« worden. Das ganze Unternehmen war für eine so mächtige

Organisation wie die *Union Corse* ein Kinderspiel gewesen. Bond wartete darauf, daß sich endlich der Vorhang zur Hauptvorstellung hob. Er betrachtete den Mann hinter dem Schreibtisch mit gewissem Respekt. Das war einer der großen Professionals der Welt!

»Mein lieber Commander, alles, was ich jetzt mit Ihnen bespreche, muß natürlich hinter Ihrem *Horkos Odonton* bleiben! Sie kennen den Ausdruck nicht?« Er lächelte breit. »Sie finden ihn bei Homer. Wörtlich übersetzt: ›Das Gehege der Zähne.‹ Die altgriechische Bezeichnung für ›streng geheim‹. Sind Sie einverstanden?«

Bond zuckte die Achseln. »Wenn Sie mir Geheimnisse anvertrauen, die etwas mit meinem Beruf zu tun haben, kann ich sie nicht für mich behalten!«

»Das verstehe ich völlig. Was ich mit Ihnen besprechen möchte, ist rein privat. Es handelt sich um meine Tochter Teresa!«

Du lieber Gott! Das wurde ja immer schöner! Bond verbarg seine Überraschung und sagte: »In diesem Fall bleibt natürlich alles hinter meinem *Horkos Odonton!*«

»Vielen Dank. Mit Ihnen kann man offen reden. Also hören Sie.« Er zündete sich eine Zigarette an und lehnte sich in seinem Sessel zurück. »Ich war mit einer englischen Gouvernante verheiratet. Eine Romantikerin, kam nach Korsika, um ›Banditen‹ kennenzulernen. Später gestand sie mir, daß sie im Unterbewußtsein den Wunsch hatte, vergewaltigt zu werden. Na ja, sie gabelte mich in den Bergen auf und wurde vergewaltigt ... von mir. Die Polizei war damals hinter mir her, wie meist in meinem Leben, und sie war eine schwere Belastung für mich. Aber sie wollte mich nicht verlassen. Sie hatte etwas Wildes an sich und liebte das Abenteuer. Es gefiel ihr, sich monatelang von einer Höhle in die andere jagen zu lassen und sich von gestohlenem Essen zu ernähren. In jener verrückten Zeit gewann ich sie so lieb, daß ich mit ihr von der Insel nach Marseille floh und sie heiratete.« Er sah Bond an. »Das Resultat, mein lieber Commander, ist Teresa, mein einziges Kind.«

Aha, dachte Bond. Das erklärte das Widersprüchliche an ihr. Eine merkwürdige Mischung: korsisch-englisch! Kein Wunder, daß er ihre Nationalität nicht erraten hatte.

»Meine Frau ist vor zehn Jahren gestorben, und ich habe Teresa in ein Schweizer Internat geschickt. Ich war schon damals reich, und als man mich zum Capu wählte, das ist der Chef der *Union Corse,* wurde ich noch unendlich viel reicher. Teresa bekam von mir alles, was sie wollte. Aber da ich dauernd unterwegs bin, hatte sie kein richtiges Heim, keine Aufsicht. Durch ihre Schweizer Schule geriet sie in die bewußte internationale Clique und ihre *Dolce Vita:* südamerikanische Millionäre, indische Fürsten, in Paris lebende Engländer und Amerikaner, Playboys aus Cannes und Gstaad. Ständig war sie in Skandale verwickelt, und wenn ich ihr Vorwürfe machte und ihr das Taschengeld sperrte, stellte sie noch verrücktere Dinge an – wahrscheinlich, um mich zu ärgern.« Er hielt inne und sah Bond an. Sein fröhliches Gesicht war traurig geworden. »Aber trotz alldem war das Blut ihrer Mutter so stark in ihr, daß sie sich selbst immer mehr haßte, immer mehr verabscheute. Sie unternahm einen verzweifelten Versuch, wieder mit sich und dem Leben ins reine zu kommen, ging weg, ohne mir ein Wort zu sagen, und heiratete. Vielleicht wollte sie seßhaft werden. Doch ihr Mann, Conte Giulio di Vicenzo, ein übler Bursche, brachte möglichst viel von ihrem Geld an sich und ließ sie dann mit einem Kind sitzen. Ich erkaufte die Scheidung und schenkte ihr ein kleines Schloß in der Dordogne. Dort schien sie fast zufrieden zu sein. Und dann starb vor sechs Monaten das Baby ... an Kinderlähmung.«

Schweigen herrschte in dem kleinen Raum. Bond dachte an Teresa. Er war der Wahrheit nahegekommen. Er hatte in ihrer stummen Verzweiflung etwas von dieser tragischen Geschichte erkannt. Sie war wirklich am Ende!

Marc-Ange erhob sich langsam, trat zu Bond, schenkte noch zwei Whiskys ein und sagte: »Entschuldigen Sie, ich bin ein schlechter Gastgeber. Aber es war mir eine solche Erleichterung, mich einmal aussprechen zu können. Sie verstehen das?«

»Ja – allerdings! Sie ist ein großartiges Mädchen. Und sie hat noch das ganze Leben vor sich. Haben Sie mal an Psychoanalyse gedacht? Ist sie katholisch?«

»Nein, das wollte ihre Mutter nicht. Sie ist Presbyterianerin. Aber warten Sie ab, die Geschichte ist noch nicht zu Ende.« Er ließ sich schwer in den Sessel fallen. »Nach diesem Unglück nahm sie ihren ganzen Schmuck und fuhr in ihrem kleinen Wagen davon; ich hörte ab und zu, daß sie ein Stück verkaufte und ihr altes Leben wiederaufgenommen hatte. Natürlich folgte ich ihr, ließ sie beobachten, soweit ich konnte, aber sie wich all meinen Versuchen aus, sie zu treffen und mit ihr zu sprechen. Dann erfuhr ich, daß sie hier im *Splendide* für vorige Nacht ein Zimmer bestellt hatte. Ich kam sofort von Paris hierher, weil ich so eine unbestimmte Vorahnung hatte. Wissen Sie, in ihrer Kindheit haben wir immer den Sommer in Royale verbracht. Sie schwimmt ausgezeichnet und war von jeher eine richtige Wasserratte. Als kleines Kind mußte sie einmal zur Strafe den ganzen Nachmittag in ihrem Zimmer bleiben. Am Abend erklärte sie ihrer Mutter ganz ruhig: ›Du hast mich sehr traurig gemacht, weil ich heute nicht ans Meer durfte. Wenn ich später mal richtig unglücklich bin, schwimme ich ganz weit raus, bis ich untergehe.‹ Meine Frau hatte mir das erzählt, und wir lachten über den kindlichen Einfall. Jetzt fiel es mir plötzlich wieder ein. Ich hatte Angst, daß dieser Wunsch zur Zwangsvorstellung geworden sein könnte und daß sie nach Royale gefahren war, um allem ein Ende zu machen. Und deswegen, mein lieber Freund, habe ich sie vom Augenblick ihrer Ankunft an schärfstens beobachten lassen. Ihr Verhalten im Casino, für das ich Ihnen gar nicht genug danken kann, wurde mir gemeldet, ebenso das spätere Zusammensein mit ihr.« Er hob die Hand, als Bond sichtlich verlegen wurde. »Sie brauchen sich deswegen nicht zu schämen. Und auch nicht zu entschuldigen. Mann bleibt Mann und ... Aber darauf komme ich später zurück. Was Sie getan, wie Sie sich Teresa gegenüber benommen haben, könnte der erste Schritt zu einer Heilung sein.«

Bond mußte daran denken, wie sie sich in dem Bombard-Boot an ihn gelehnt hatte. Darin war mehr Zuneigung, mehr Wärme gewesen als in allen Ekstasen der Nacht.

Marc-Ange fuhr fort: »So mobilisierte ich heute früh um sechs meinen Freund vom Deuxième Bureau. Um acht sah er seine Akten durch, und um neun hatte ich per Funk einen vollständigen Bericht über Sie. Ich habe in dem Vehikel hier einen starken Sender.« Er lächelte. »Noch ein Geheimnis, das ich Ihnen anvertraue. Was ich über Sie gehört habe, war außerordentlich günstig, in dienstlicher wie in persönlicher Hinsicht. Ich überlegte den ganzen Morgen. Und schließlich gab ich den Befehl, Sie beide hierherzubringen. Das hat Ihnen sicher Unannehmlichkeiten bereitet. Ich bitte Sie dafür um Verzeihung. Ich hoffe nur, daß meine Leute sich korrekt benommen haben.«

Bond lächelte. »Ich freue mich jedenfalls, Sie kennengelernt zu haben. Daß unsere Begegnung mit zwei Pistolen erzwungen wurde, macht sie nur noch denkwürdiger. Es ist alles durchaus korrekt vor sich gegangen.«
Marc-Ange verzog das Gesicht. »Jetzt sind Sie aber sarkastisch. Glauben Sie mir, lieber Freund, es waren drastische Maßnahmen nötig.« Er nahm einen Briefbogen vom Schreibtisch und reichte ihn Bond. »Wenn Sie das lesen, werden Sie mich verstehen. Dieser Brief wurde heute nachmittag um halb fünf, als Teresa fortging und Sie ihr folgten, dem Portier des *Splendide* mit dem Auftrag übergeben, ihn an mich nach Marseille zu schicken. Lesen Sie, bitte!«
Der Inhalt war kurz und unmißverständlich.

Lieber Papa,
Es tut mir leid, aber ich habe genug. Es ist nur schade, weil ich heute nacht einen Mann kennengelernt habe, der vielleicht noch alles hätte ändern können. Er ist Engländer und heißt James Bond. Bitte, mache ihn ausfindig und zahle ihm 20 000 Francs, die ich ihm schulde. Und danke ihm in meinem Namen.
Alles ist nur meine Schuld.
Lebe wohl und verzeihe mir.

Tracy

Bond sah Marc-Ange nicht an. Er nahm einen tiefen Schluck und sagte nur: »Ich verstehe.«
»Sie nennt sich gern Tracy. Teresa findet sie zu vornehm.«
»Ja, ich weiß.«
»Commander Bond!« Dracos Stimme klang nun drängend und flehend. »Mein Freund, Sie haben jetzt die ganze Geschichte gehört. Wollen Sie mir helfen, sie zu retten? Meine einzige Chance ist, daß Sie ihr neue Hoffnung, ihrem Leben wieder einen Sinn geben. Wollen Sie?«
Bond hatte den Blick gesenkt. Er war wütend, daß man versuchte, ihn in diese Privatdinge hineinzuziehen. Er fluchte innerlich. Die Vorstellung entsetzte ihn – er war kein barmherziger Samariter. Sie gehörte in die Behandlung eines Psychiaters. Gut, er hatte ihr für eine Nacht gefallen und sie ihm. Und jetzt sollte er sie womöglich sein ganzes Leben mit sich herumschleppen, immer von der unausgesprochenen Erpressung bedroht, daß sie sich umbringen würde, wenn er sie

fallenließe. Mürrisch sagte er: »Ich sehe nicht, wo ich da helfen kann. Wie stellen Sie sich das vor?«
Dracos braune Augen glitzerten erregt, als er erwiderte: »Ich möchte, daß Sie meiner Tochter den Hof machen und sie heiraten. Am Tag der Hochzeit erhalten Sie von mir eine Million Pfund in Gold als Mitgift.«
Bond explodierte: »Was Sie da verlangen, ist völlig unmöglich. Ihre Tochter ist krank. Sie braucht einen Psychiater. Nicht mich. Und ich will nicht heiraten, niemand. Außerdem liegt mir nichts an einer Million Pfund. Ich habe Geld genug für meine Bedürfnisse. Ich habe ja einen Beruf. (Stimmte das? Und was war mit dem Kündigungsbrief? Bond überhörte diese innere Stimme.) Sie müssen das doch begreifen.« Plötzlich konnte er den traurigen Blick Dracos nicht mehr ertragen und sagte sanft: »Sie ist ein wunderbares Mädchen. Ich will alles für sie tun, was ich kann. Aber erst, wenn es ihr wieder gut geht. Dann will ich sie gern wiedersehen – sehr oft. Wenn sie so großen Wert auf mich legt, muß sie aus eigener Kraft gesund werden. Das ist die einzige Möglichkeit, jeder Arzt wird Ihnen das bestätigen. Sie muß in ein Sanatorium, in das beste, das es gibt, in der Schweiz vielleicht. Sie muß ihre Vergangenheit vergessen. Sie muß wieder leben wollen. Erst dann hat es Zweck, daß wir uns wiedersehen. Sie verstehen mich doch, Marc-Ange? Ich bin ein harter Mensch, ich gebe es zu. Ich habe nicht die Geduld, jemand zu pflegen, weder Mann noch Frau. Sie müssen einsehen, daß ich diese Verantwortung nicht übernehmen kann ... sosehr mir Ihre Tochter auch gefällt!«
Marc-Ange sagte resigniert: »Ich verstehe Sie, lieber Freund. Ich will nicht weiter in Sie dringen, sondern werde tun, was Sie mir raten. Aber wollen Sie mir noch einen Gefallen erweisen? Es ist jetzt neun Uhr. Gehen Sie heute abend mit ihr essen. Sprechen Sie mit ihr, worüber Sie wollen, aber zeigen Sie ihr, daß Sie sie mögen, daß sie Ihnen gefällt. Ihr Wagen und ihre Kleider sind hier. Ich habe alles herbringen lassen. Wenn Sie ihr einreden könnten, daß Sie sie gern wiedersehen möchten, werde ich wohl den Rest schaffen. Wollen Sie das für mich tun?«
Bond dachte: Mein Gott, was für ein Abend! Aber er lächelte, so herzlich er konnte. »Selbstverständlich. Das mache ich doch mit Vergnügen. Aber ich muß morgen mit der ersten Maschine von Le Touquet abfliegen. Von da an müssen Sie sich um sie kümmern.«

»Freilich, lieber Freund.« Marc-Ange fuhr sich über die Augen. »Seien Sie mir nicht böse. Sie haben mir neue Hoffnung gegeben. Ich will Ihnen jetzt nicht danken. Ich kann das auch gar nicht. Aber gibt es im Moment etwas, das ich für Sie tun kann? Ich habe große Möglichkeiten, große Mittel, große Macht und weiß sehr viel. Alles steht zu Ihrer Verfügung. Kann ich etwas für Sie tun?«

Bond hatte einen plötzlichen Einfall. Er lächelte breit. »Ich brauche eine Information. Über einen Mann namens Blofeld, Ernst Stavro Blofeld, Sie werden von ihm gehört haben. Ich möchte wissen, ob er noch lebt und wo er zu finden ist.«

Jetzt kam das kalte, böse, rachsüchtige Gesicht des Banditen zum Vorschein. Die Augen wurden hart. »Blofeld!« sagte er nachdenklich. »Und ob der lebt! Erst kürzlich hat er mir drei meiner Leute durch Bestechung abspenstig gemacht. Drei Mitglieder des alten Spectre stammten ebenfalls aus der Union. Wir wollen gleich mal sehen, was wir erfahren können.«

Er hob den Hörer ab. »Dammi u commandu«, sagte er und legte auf. »Ich habe eine Verbindung mit meinem Hauptquartier in Ajaccio verlangt. Wir werden sie in fünf Minuten haben. Aber ich muß sehr schnell sprechen. Die Polizei könnte meine Wellenlänge kennen, obwohl ich sie jede Woche wechsle. Doch der korsische Dialekt hilft.« Das Telefon summte. Marc-Ange sprach einige Minuten in unverständlichem Korsisch und hängte ein. »Soviel wir wissen, ist er in der Schweiz. Seine genaue Adresse kennen wir nicht. Bringt Sie das weiter? Bestimmt werden Ihre Leute ihn ausfindig machen können ... wenn die Schweizer Bundespolizei hilft. Da kann es vielleicht Schwierigkeiten geben.«

Bond dachte triumphierend: Jetzt habe ich dich, du Schweinehund! Und zu Marc-Ange sagte er begeistert: »Großartig! Der Rest wird nicht schwer sein. Wir haben gute Freunde in der Schweiz.«

Marc-Ange war sichtlich froh über Bonds Reaktion, sagte aber ernst: »Falls etwas schiefgehen sollte, wenden Sie sich sofort an mich. Versprechen Sie das?« Er nahm aus einer Schublade einen Briefbogen und reichte ihn Bond. »Hier ist meine offizielle Firmenadresse. Rufen Sie mich an oder telegrafieren Sie mir, aber tarnen Sie es als geschäftliche Anfrage. Sagen Sie, eine Sendung von Radios sei fehlerhaft, Sie wollten meinen Vertreter dann und dann, dort und dort treffen, oder so

was Ähnliches. Sie verstehen sich ja auf solche Tricks, und außerdem ...« Er lächelte verschmitzt »... Ich glaube, Sie stehen in Verbindung mit einer internationalen Exportfirma ... *Universal Export* ... nicht wahr?«
Bond lächelte. Woher wußte der alte Gauner das?
Marc-Ange fragte schüchtern: »Kann ich jetzt Teresa rufen? Sie weiß nicht, worüber wir gesprochen haben.« Er stand auf, trat zu Bond und legte ihm die Hand auf die Schulter. »Ich danke Ihnen. Für alles.« Dann ging er hinaus.

6

Zwei Monate später fuhr James Bond an einem sonnigen Morgen gemütlich von seiner Wohnung in Chelsea in sein Büro. Im Hyde Park fielen die Blätter. Der Winter stand vor der Tür. Bonds Gedanken kreisten darum, daß sich die Station Z in Zürich vergebens bemühte, die Zurückhaltung der schweizerischen Bundespolizei zu überwinden und die genaue Adresse von Blofeld zu erfahren. Doch die eidgenössischen »Freunde« behaupteten nach wie vor, daß es keinen Mann namens Blofeld in der Schweiz gebe. Auch seien keinerlei Anzeichen für eine Wiederbelebung der Organisation SPECTRE auf schweizerischem Boden vorhanden.
Bond überlegte, ob er sich mit Marc-Ange in Verbindung setzen sollte. In seinem Bericht an M hatte er, ohne nähere Einzelheiten zu erwähnen, die *Union Corse* als Informationsquelle genannt. Aber er scheute sich vor diesem Gedanken, da Marc-Ange dann bestimmt wieder auf Tracy zu sprechen käme. Und an diesen Punkt seines Daseins wollte er, wenigstens bis auf weiteres, nicht rühren. Ihr letzter Abend war freundschaftlich verlaufen, fast als wären sie ein altes Liebespaar. Er hatte ihr gesagt, daß die *Universal Export* ihn für einige Zeit nach Übersee schickte, daß sie sich aber nach seiner Rückkehr bestimmt wiedersehen würden. Nach einem ausgezeichneten Essen in einem kleinen Restaurant in Étaples hatten sie miteinander geschlafen, diesmal ohne Verzweiflung und ohne Tränen. Er war überzeugt, daß ihre Heilung wirklich begonnen hatte. Er fühlte sich als ihr Beschützer, wußte jedoch, daß ihr Verhältnis und Tracys seelisches Gleichgewicht immer noch überaus gefährdet waren.
In diesem Augenblick summte sein Taschenfunk. Bond be-

schleunigte sein Tempo und stoppte am Marble Arch vor einer öffentlichen Telefonzelle. Diese Taschenfunkgeräte waren erst kürzlich eingeführt worden. Durch sie konnte jeder Angehörige des Secret Service in London in einem Umkreis von fünfzehn Kilometern von der Zentrale erreicht werden. Es war dann seine Pflicht, sich vom nächsten Telefon zu melden. Bond wählte die einzige Nummer des Hauptquartiers, die er benutzen durfte, sagte »007 spricht« und wurde sofort mit seiner neuen Sekretärin, Mary Goodnight, verbunden. Sie hatte eine tolle Figur, blauschwarzes Haar und große blaue Augen. In der Doppel-O-Abteilung hatte man eine Wette abgeschlossen, wer sie zuerst eroberte. Bond war lange Zeit Favorit gewesen, aber seine Bekanntschaft mit Tracy hatte ihn aus dem Rennen geworfen, und er betrachtete sich nur mehr als krasser Außenseiter, obwohl er noch heftig mit ihr flirtete. Jetzt begrüßte er sie: »Guten Morgen, Goodnight. Was ist los? Krieg oder Frieden?«

Sie kicherte keineswegs dienstlich. »Es klingt so friedlich, wie ein eiliger Auftrag von oben sein kann. Sie sollen sofort ins Heraldische Amt gehen. Anscheinend haben sie dort eine Nachricht über ›Bedlam‹.«

»Bedlam« (Irrenanstalt) war der Deckname für die »Aktion Blofeld«. Bond erwiderte erstaunt: »Wirklich? Dann will ich mich schleunigst auf die Beine machen. Auf Wiedersehen, Goodnight.«

Er ging zu seinem Wagen und fuhr rasch quer durch London. Das war sehr merkwürdig! Was in aller Welt hatte das Heraldische Amt, von dem er nur wußte, daß es Familienstammbäume ausfindig machte und kontrollierte sowie Wappen verlieh und prüfte, mit Blofeld zu tun?

Das Heraldische Amt liegt in der Queen-Victoria-Straße am Rand der City, ein hübsches kleines Queen-Anne-Gebäude mit einem altertümlichen Hinterhof, in dem Bond seinen Wagen parkte. Eine hufeisenförmige Treppe führt zu dem imposanten Eingang hinauf. Bond betrat die große düstere Halle, an deren dunkelgetäfelten Wänden verstaubte Porträts von Herren mit Perücken und Spitzenjabots hingen. Ein Portier in kirschroter Uniform führte ihn durch muffige Korridore. Vor einer schweren Tür blieben sie stehen. Der Name Sable Basilisk war oben in goldenen Lettern angebracht. Der Raum, in den Bond kam, war hell, sauber, gut eingerichtet, hatte hübsche Stiche an den Wänden, und es herrschte pein-

liche Ordnung. Es roch leicht nach türkischem Tabak. Ein schlanker Mann, ein paar Jahre jünger als Bond, erhob sich. Er hatte ein feines, schmales, intelligentes Gesicht, dessen Ernst durch die Falten um den Mund und ein ironisches Glitzern in den Augen gemildert wurde.
»Commander Bond?« Der Händedruck war kurz und fest. »Ich habe Sie erwartet.« Er nahm ein Aktenstück, das schon bereitlag. »Kommen wir gleich zur Sache! Ich vermute, daß die Angelegenheit etwas mit dem Secret Service zu tun hat. Ich war während des Krieges und auch noch danach bei der militärischen Abwehr. Sie brauchen also keine Angst wegen der Geheimhaltung zu haben. Unsere Aufgaben hier bestehen zum Teil darin, Titel für Leute vorzuschlagen, die geadelt werden sollen. Und dabei werden die merkwürdigsten Ansinnen gestellt, die absurdesten Adelsnamen verlangt. Sie können sich nicht vorstellen, was für eine Ansammlung von Snobismus, Eitelkeit und Hochmut sich in unseren Akten findet. Doch nun zu diesem Blofeld!«
»Er ist wohl der gemeinste und gerissenste Gangster der Welt«, antwortete Bond. »Erinnern Sie sich noch an die Feuerball-Affäre vor etwa einem Jahr? Es ist nur wenig davon in die Presse gedrungen, aber ich kann Ihnen versichern, daß er der Drahtzieher war. Was haben denn ausgerechnet Sie mit Blofeld zu schaffen? Ich brauche alle Einzelheiten! Auch die geringste Kleinigkeit ist wichtig!«
Basilisk blätterte den Ordner zurück. »Nachdem gestern mehrere dringende Anfragen sowohl vom Foreign Office wie vom Verteidigungsministerium eingingen, habe ich mir gedacht, daß es sich um ein und denselben Knaben handeln könnte. Leider kam ich vorher nicht auf die Idee, daß in diesem Fall unser Amtsgeheimnis zweitrangig ist. Sonst hätte ich schon früher etwas unternommen. Bereits am 10. Juni haben wir einen vertraulichen Brief von einer angesehenen Züricher Anwaltsfirma erhalten. Ich lese ihn Ihnen vor:

Sehr geehrte Herren,
Wir haben einen geschätzten Klienten namens Ernst Stavro Blofeld. Dieser Herr nennt sich Comte Balthasar de Bleuville, da er der Auffassung ist, rechtmäßiger Erbe dieses Titels zu sein, der unseres Wissens erloschen ist. Seine Überzeugung basiert auf Erzählungen, die er in seiner Kindheit von seinen Eltern gehört hat und die besagen, daß die Familie zur Zeit

der Revolution aus Frankreich nach Deutschland geflohen ist, sich in Augsburg niedergelassen und den Namen Blofeld angenommen hat, um den Revolutionsbehörden zu entgehen. Um 1850 seien sie dann nach Polen ausgewandert.

Unser Klient legt nun großen Wert darauf, diese Tatsachen zu beweisen und so den legalen Anspruch auf den Titel de Bleuville zu erhalten. Die hierfür erforderlichen Urkunden wären dann dem Justizministerium in Paris zur Genehmigung einzureichen.

In der Zwischenzeit beabsichtigt unser Klient, provisorisch weiter den Titel Comte de Bleuville zu führen.

Unseres Wissens sind Sie, sehr geehrte Herren, die einzige amtliche Stelle der Welt, die imstande ist, die notwendigen Nachforschungen durchzuführen. Wir sind beauftragt, uns zu diesem Zweck an Sie zu wenden, selbstverständlich unter der Voraussetzung, daß die Angelegenheit streng vertraulich gehandhabt wird.

Die finanzielle Lage unseres Klienten ist über jeden Zweifel erhaben. Spesen spielen keine Rolle. Als ersten Vorschuß für Ihre Arbeit und Auslagen schlagen wir tausend Pfund Sterling vor und bitten um Angabe Ihrer Kontonummer.

In Erwartung Ihrer baldigen Antwort und mit bestem Dank im voraus verbleiben wir

mit vorzüglicher Hochachtung
Dr. Gumpold-Moosbrugger
und Hans Müller, Rechtsanwälte,
Zürich, Bahnhofstraße 16.

Bonds Augen glitzerten erregt. Basilisk sagte lächelnd: »Wir waren an der Sache sogar noch interessierter, als Sie es zu sein scheinen. Unter uns: die Gehälter hier sind äußerst bescheiden, und so sind wir darauf angewiesen, sie durch Honorare für Privataufträge aufzubessern. Das ist selten mehr als fünfzig Pfund und erfordert fast immer viel Quellenstudium. Die Anfrage von Blofeld dagegen ist ein ganz großer Fisch. Und da ich gerade Dienst hatte, als der Brief eintraf, ist mir die Sache in den Schoß gefallen.«

Bond fragte erregt: »Und was geschah weiter? Haben Sie den Kontakt aufrechterhalten?«

»Ja, aber leider nur sporadisch. Natürlich habe ich Auftrag und Honorar sofort angenommen und mich zur Geheimhaltung verpflichtet. Sie zwingen mich jetzt unter Berufung auf das Staatsinteresse, dagegen zu verstoßen. Ich handle doch unter dem Einfluß höherer Gewalt?«

»Jawohl«, stimmte Bond energisch zu.

Basilisk machte eine Notiz und fuhr fort: »Zunächst verlangte ich natürlich den Geburtsschein des Mannes, und nach einer Weile wurde mir mitgeteilt, daß er verlorengegangen sei und daß ich mich unter keinen Umständen weiter darum kümmern solle. Der Graf sei am 28. Mai 1908 in Gdingen als Sohn eines polnischen Vaters und einer griechischen Mutter geboren. Ob ich nicht mit meinen Nachforschungen beim Ursprung der Familie Bleuville beginnen könne? Ich hatte inzwischen in unserer Bibliothek festgestellt, daß tatsächlich eine Familie de Bleuville existiert hat, die man bis ins siebzehnte Jahrhundert zurückverfolgen kann, und zwar in einem Dorf namens Blonville-sur-Mer in der Normandie, im heutigen Departement Calvados. Ihr Wappen und ihre Devise stimmten mit den von Blofeld angegebenen überein.« Basilisk machte eine kleine Pause. »Natürlich hat er das irgendwie eruiert. Es hätte ja keinen Sinn für ihn gehabt, irgendeine Familie de Bleuville zu erfinden und uns aufzutischen. Ich teilte den Züricher Anwälten meine Entdeckung mit, und in meinen Sommerferien – Nordfrankreich ist sozusagen mein privates heraldisches Gebiet – fuhr ich mit dem Wagen durch die Gegend und schnüffelte dort ein bißchen herum. Inzwischen hatte ich mich mit unserer Botschaft in Warschau in Verbindung gesetzt und sie gebeten, durch einen Anwalt in Gdingen beim Standesamt und in den verschiedenen Kirchen nachzuforschen, in denen Blofeld getauft worden sein könnte. Die Antwort, die ich Anfang September bekam, war verblüffend. Die Seiten mit Blofelds Geburtseintragung waren aus dem Register herausgeschnitten worden. Ich behielt diese Information für mich, das heißt, ich hütete mich, sie den Züricher Anwälten mitzuteilen, da sie mir ausdrücklich untersagt hatten, Ermittlungen in Polen anzustellen. Einen Anwalt in Augsburg hatte ich ebenfalls angesetzt. Dort waren mehr Angaben über Blofeld vorhanden, da der Name in Deutschland öfter vorkommt; aber ich fand keinen Hinweis auf eine Verbindung mit den Bleuvilles in der Normandie. Ich schrieb einen nichtssagenden Bericht an die Züricher und erklärte, daß ich meine Nachforschungen fortsetzen würde. Seither habe ich nichts mehr unternommen. Und dann«, Basilisk klappte das Aktenstück zu, »rief mich gestern das Foreign

Office an. Vermutlich hat jemand die Akten aus Warschau überprüft und bei dem Namen Blofeld richtig kombiniert.«
Bond kratzte sich den Kopf. »Aber die Sache läuft weiter?«
»Natürlich.«
»Können Sie sie in Gang halten? Ich nehme an, daß Sie Blofelds augenblickliche Adresse nicht kennen?« Basilisk verneinte. »Hätten Sie einen plausiblen Vorwand, jemand zu ihm zu schicken?« Bond lächelte. »Mich zum Beispiel. Das Amt könnte mich ja beauftragen, eine Unterredung mit Blofeld zu führen – wegen irgendeiner verzwickten Sache, die nicht brieflich geklärt werden kann und persönliche Auskünfte erfordert.«
»Ja, das wäre eine Möglichkeit ... Einige Familien haben bestimmte körperliche Merkmale, die sich von Generation zu Generation vererben, die Habsburger Unterlippe zum Beispiel. Als ich in der Krypta der Kirche von Blonville die Grabsteine der Bleuvilles betrachtete, entdeckte ich etwas Merkwürdiges, dem ich damals weiter keine Bedeutung beimaß, das mir aber jetzt wieder einfällt: keiner der Bleuvilles, soweit ich es feststellen konnte, hatte Ohrläppchen.«
»Aha!« sagte Bond. »Er dürfte also keine Ohrläppchen haben? Das wäre ein wichtiger Beweis für seine Behauptung?«
»Ganz richtig.«
»Aber er *hat* Ohrläppchen«, rief Bond ärgerlich. »Ziemlich ausgeprägte sogar. Was nun?«
Basilisk lächelte hintergründig. »Er muß ja gar nicht wissen, nach welchen körperlichen Merkmalen wir bei der Unterredung mit ihm suchen!«
»Sie meinen, wir könnten irgend etwas erfinden?«
»Warum nicht? Wir müssen nur vorsichtig sein!«
»Da ist aber noch ein Haken! Selbst wenn Blofeld zustimmte, mit mir zusammenzukommen ... wie könnte ich meine Rolle spielen? Ich habe doch keinen Schimmer von Heraldik. Ich weiß nicht einmal, was ein Baron ist! Was soll ich Blofeld erzählen? Wer soll ich überhaupt sein?«
Basilisk hatte nun Feuer gefangen und erklärte vergnügt: »Ganz einfach. Ich pauke Ihnen alles über die Bleuvilles ein. Und Sie lesen ein paar populäre Bücher über Wappenkunde, dann ist es nicht schwer, darüber weise Sprüche zu machen. Die wenigsten Leute haben eine Ahnung davon.«
»Mag sein, aber Blofeld ist mit allen Wassern gewaschen. Er wird bestimmt einen Haufen Ausweise verlangen, ehe er sich

bereit erklärt, mit einem Unbekannten zu sprechen. Also wer bin ich für ihn?«

»Sie haben Blofeld als ausgekochten Gangster kennengelernt«, erwiderte Basilisk geduldig. »Ich habe Hunderte von intelligenten und gerissenen Menschen aus der City, aus Industrie und Politik erlebt – berühmte Leute, vor denen ich Angst hatte, wenn sie hier ins Zimmer kamen. Aber sobald Snobismus im Spiel ist und es darum geht, sich eine vornehme Herkunft zu kaufen, wenn es sich um ein Adelsprädikat handelt oder auch nur um ein Wappen, das sie in ihren Luxusvillen über dem Kamin aufhängen wollen, dann schrumpfen diese Leute zu Zwergen zusammen. Machen Sie sich wegen Blofeld keine Sorgen, er hat bereits den Köder geschluckt. Er mag ein gefährlicher Gangster, er mag grausam und rücksichtslos sein. Aber wenn er unbedingt zu beweisen versucht, daß er der Comte de Bleuville ist, will er ohne Zweifel seinen Namen ändern und vor allem Graf werden! Und das, Mr. Bond, ist ungemein bezeichnend. Er hat Geld und Erfolg, egal auf welche Weise er dazu gekommen ist. Reichtum und Macht bedeuten ihm nichts mehr. Er will in eine neue Haut schlüpfen. Ich kann Ihnen versichern, Bond, er wird Sie empfangen, wenn wir unsere Karten richtig ausspielen. Der Mann weiß, daß er gesellschaftlich ein Paria ist. Nun hat er sich eine Möglichkeit ausgedacht, sich eine neue Identität zu kaufen. Wenn Sie meine Meinung hören wollen – wir sollten seine Eitelkeit unterstützen, bis er eines Tages darüber zu Fall kommt!«

7

»Und wer, zum Teufel, sollen *Sie* sein?«

M wiederholte in etwa Bonds Frage, als er am gleichen Abend von dem Bericht aufschaute, den Bond am Nachmittag Mary Goodnight diktiert hatte. Bond erkannte im Gesicht des alten Seemanns Skepsis, Ungeduld und Ärger. Dieses »zum Teufel« hatte ihm alles gesagt. M fluchte selten, und wenn, dann meist wegen irgendeiner Dummheit. Offenbar hielt er den Plan für töricht, und jetzt, ohne den Einfluß von Sable Basilisk, überlegte Bond, ob der Alte nicht recht hatte.

»Ich soll einen Mitarbeiter des Heraldischen Amtes spielen, Sir. Basilisk empfiehlt, daß ich unter einem hochtönenden

Namen auftreten soll, der einem Mann mit Adelsfimmel imponiert. Und den hat Blofeld offensichtlich, sonst hätte er sich doch nie zu erkennen gegeben – nicht mal einer so harmlosen und sicheren Stelle gegenüber wie dem Heraldischen Amt. Eitelkeit ist wirklich die Achillesferse vieler Menschen. Und Blofeld ist ganz versessen auf seinen Titel. Ich glaube, daß wir ihn damit erledigen können.«

»Also, ich halte das nach wie vor für baren Unsinn«, erwiderte M gereizt. »Was für einen albernen Titel sollen Sie denn führen?«

Wenn Bond hätte erröten können, wäre es jetzt geschehen. Er stotterte: »Hm ... ehem ... Sable Basilisk hat nämlich einen Freund ... Sir Hilary Bray heißt er. Ungefähr in meinem Alter und sieht mir auch ähnlich. Seine Familie stammt aus der Normandie. Und sein Stammbaum ist ellenlang – Wilhelm der Eroberer und so weiter. Basilisk meint, er könnte das mit ihm ausmachen. Der Mann hat hohe Kriegsauszeichnungen und scheint zuverlässig zu sein. Er wohnt in einem entlegenen Winkel im schottischen Hochland, beobachtet Vögel und klettert barfuß in den Bergen umher. Ein richtiger Einsiedler. Es ist kaum anzunehmen, daß irgend jemand in der Schweiz je von ihm gehört hat ... Und da haben wir uns ausgedacht, daß ich als Sir Hilary auftreten soll. Ziemlich phantastischer Deckmantel, aber ich denke, er wird seinen Zweck erfüllen.«

»Sir Hilary Bray, wie?« M versuchte, seinen Spott zu verbergen. »Und was wollen Sie tun? Barfuß in den Alpen rumklettern?«

Bond antwortete ruhig und geduldig: »Zunächst werde ich mir einen entsprechenden Paß besorgen. Dann lerne ich Brays Stammbaum auswendig und büffle die Grundbegriffe der Heraldik. Wenn Blofeld anbeißt, fahre ich mit den erforderlichen Fachbüchern in die Schweiz und schlage ihm vor, mit ihm den Stammbaum der de Bleuvilles auszuarbeiten.«

»Und dann?«

»Dann lotse ich ihn aus der Schweiz über irgendeine Grenze, wo wir ihn kidnappen können. Die Einzelheiten habe ich noch nicht festgelegt, Sir. Ich mußte ja erst Ihre Genehmigung einholen, und dann muß Basilisk den Züricher Anwälten mit einem verlockenden Köder kommen.«

»Warum versuchen Sie nicht, die Züricher Anwälte unter Druck zu setzen, damit sie Ihnen Blofelds Adresse geben?

Dann könnten wir ihn durch eine Art Kommandounternehmen schnappen.«
»Die Anwälte haben garantiert einen Riesenvorschuß von Blofeld bekommen. Vielleicht könnten wir ihnen die Adresse entreißen, aber sie würden bestimmt Blofeld einen Wink geben, so daß er verschwinden kann.«
Müde schob M das Aktenstück Bond zu. »Nehmen Sie's mit. Ein verrückter Plan, aber in Gottes Namen!« M schüttelte skeptisch den Kopf. »Sir Hilary Bray! Sagen Sie dem Abteilungsleiter, daß ich zustimme, aber höchst ungern. Er soll Ihnen alles Nötige zur Verfügung stellen. Halten Sie mich auf dem laufenden. Das wäre alles, 007.«
Anfang Dezember kehrte Bond widerwillig auf die Schulbank zurück. Statt Geheimberichte studierte er an seinem Schreibtisch Heraldik, las in mittelalterlichen englischen und französischen Chroniken und befaßte sich mit Folklore und Mythen. Während dieser Zeit war er ungenießbar. Als ihn Mary Goodnight eines Tages mit »Sir Hilary« ansprach, hätte er ihr fast den Kopf abgerissen.
Inzwischen nahm die Korrespondenz zwischen Sable Basilisk und den Züricher Anwälten ihren Fortgang, allerdings im Schneckentempo. Die Anwälte, oder vielmehr Blofeld, stellten unzählige, obzwar — wie Basilisk zugeben mußte — scharfsinnige Fragen, die jedesmal mit verschwommenen heraldischen Erklärungen beantwortet werden mußten. Dann wurden genaue Angaben über Sir Hilary Bray verlangt, ebenso Fotos. Sein ganzer Lebenslauf von der Schulzeit ab mußte lückenlos dargelegt werden (der echte Sir Hilary schickte ihn an Bond mit einem höchst amüsierten Begleitschreiben). Um das Interesse der Gegenseite zu testen, erbat Basilisk einen weiteren Spesenvorschuß. Prompt traf am 15. Dezember ein Scheck über abermals tausend Pfund ein. Basilisk rief sofort Bond an: »Jetzt haben wir ihn. Er hat angebissen!« Am nächsten Tag kam ein Brief der Züricher Anwälte mit der Nachricht, daß ihr Klient bereit sei, sich mit Sir Hilary zu treffen. Ob Sir Hilary am 22. Dezember mit dem Swissair-Flug 111 um 12 Uhr 15 auf dem Flugplatz Kloten sein könne?
Die letzten Tage vor diesem Termin waren mit Besprechungen unter dem Vorsitz des Abteilungschefs ausgefüllt. Die wichtigste Entscheidung war, daß Bond bei der Zusammenkunft mit Blofeld keine Waffe tragen und vom Secret Service auch nicht beschattet werden sollte. Er durfte sich nur

mit Sable Basilisk in Verbindung setzen, dem er alle erreichbaren Informationen weiterzugeben hatte.
Der Plan war in kurzen Zügen: Bond sollte möglichst viel über Blofeld selbst in Erfahrung bringen, über seine Tätigkeit und seine Mitarbeiter, um den nächsten Schritt, die Entführung aus der Schweiz, vorbereiten zu können. Gewaltanwendung war dabei vielleicht nicht notwendig. Bond würde ihn wahrscheinlich überreden können, mit nach Deutschland zu fahren, angeblich um einige Dokumente im Stadtarchiv von Augsburg einzusehen. Zu den Sicherheitsmaßnahmen gehörte auch, daß die Station Z in Zürich über Bonds Mission in der Schweiz völlig im dunkeln gelassen wurde. Außerdem sollte die Akte »Bedlam« offiziell abgeschlossen werden. Der neue Deckname hieß »Corona«.
Nun wurde noch die persönliche Sicherheit Bonds erörtert. Im Hauptquartier zog man alle Möglichkeiten in Erwägung. Sollte Blofeld hinter Bonds wahre Identität kommen, würde es Bonds sofortige Liquidierung bedeuten. Eine gefährlichere und dazu wahrscheinlichere Möglichkeit war, daß Sir Hilary Bray »einem bedauerlichen Unfall« zum Opfer fallen könnte, sobald seine heraldische Tätigkeit bei Blofeld beendet war und er nicht mehr gebraucht wurde.
Am Abend des 21. Dezember ging Bond in seinem Büro noch einmal seinen Plan und seine Rolle als Sir Hilary gründlich durch. Dabei dachte er an Tracy. Sie war auch in der Schweiz. Er mußte sie wieder einmal sehen. Sie hatte ihm drei nichtssagende Postkarten aus einem Sanatorium in Davos geschrieben. Bond hatte ihr jedesmal geantwortet – seine Briefe wurden in Amerika aufgegeben –, ihr Mut zugesprochen und versichert, daß er sie bald besuchen würde. Und was dann? Bond war von Selbstmitleid erfüllt. Er zerdrückte seine Zigarette im Aschenbecher und schlug die Tür des Büros hinter sich zu.
Es war sieben Uhr. Bond beschloß, zunächst seinen Koffer zu packen, zwei doppelte Wodkas zu konsumieren, eine große Portion Rühreier zu essen, dann noch einige Wodkas zu trinken, ein Schlafmittel zu schlucken und leicht angesäuselt ins Bett zu gehen.
Ermutigt durch die Aussicht auf diese Selbstanästhesie, verbannte er für diesen Abend alle weiteren Gedanken an seine Aufgabe.

8

Mit steifem Hut, zusammengerolltem Regenschirm und der ordentlich gefalteten »Times« unter dem Arm kam sich Bond ziemlich lächerlich vor. Man hatte ihn aus Respekt vor seinem Titel im Londoner Flughafen in den Warteraum für prominente Persönlichkeiten geführt. Gestärkt durch einen doppelten Cognac mit Ginger Ale, stand er etwas abseits von den übrigen und versuchte, sich wie ein echter Baronet zu fühlen.
Dann sagte er sich, daß der richtige Sir Hilary Bray vielleicht gerade jetzt im schottischen Hochland in einer Schlucht einen erlegten Eber mit bloßen Händen ausnahm und sich gar nicht als Baronet gebärdete! Er mußte den in jedem Engländer steckenden Snobismus loswerden und aufhören, den Aristokraten zu spielen! Bond warf die »Times«, die er als Abzeichen seiner Würde herumgetragen hatte, auf einen Tisch und bestellte noch einen Cognac.
Während die Caravelle ruhig dahinflog, dachte er an das bevorstehende Treffen, das die Züricher Anwälte in allen Einzelheiten vorbereitet hatten. Sir Hilary würde am Flughafen von der Sekretärin des Comte de Bleuville abgeholt werden. Wie würde Blofeld aussehen? Ob er sein Äußeres sehr verändert hatte? Wahrscheinlich, sonst hätte sich der Fuchs die Meute nicht so lange vom Leib halten können.
Am Swissair-Schalter in Kloten wartete eine Frau. Sobald Bond durch die Schranke kam, trat sie auf ihn zu und fragte: »Sir Hilary Bray?«
»Ja.«
»Ich bin Irma Bunt, die Privatsekretärin des Herrn Grafen. Ich hoffe, Sie hatten einen guten Flug.«
Sie sah wie eine sonnenverbrannte Gefängniswärterin aus: ein viereckiges brutales Gesicht und harte gelbe Augen. Ihr Lächeln war kalt und humorlos. Das braune, graumelierte Haar unter der gelben Skimütze war zu einem straffen Knoten zusammengedreht. Der stämmige, gedrungene Körper steckte in unkleidsamen Skihosen und einer grauen Windjacke, in die auf der linken Brust ein großes rotes G mit einer Krone darüber eingestickt war. Irma, aber leider nicht la Douce, dachte Bond.
»Haben Sie Ihren Gepäckschein? Kommen Sie bitte mit. Erst der Paß. Hier entlang.«
Bond folgte ihr zur Paßkontrolle und dann zur Zollabferti-

gung. Er bemerkte, daß sie einem Mann mit einer Aktenmappe unter dem Arm zunickte, der sofort in eine Telefonzelle ging.
»Sprechen Sie Französisch?« fragte sie.
»Gerade so viel, wie ich für meine Arbeit brauche.«
Ein Gepäckträger brachte seinen Koffer zu einem schwarzen Mercedes 300. Neben dem Chauffeur saß der Mann, der telefoniert hatte. Sie fuhren in Richtung Stadt. Nach einigen hundert Metern bog der Wagen in eine Seitenstraße ein, an der ein Schild stand: »Benutzung verboten! Nur für Eigentümer und Personal von Privatflugzeugen!«
Der Wagen steuerte zu den Hangars links vom Hauptgebäude und hielt neben einem hellgelben Alouette-Hubschrauber, dessen Rumpf ein rotes G mit der Krone zierte.
»Sind Sie schon einmal mit einem Hubschrauber geflogen? ... Nein? Es ist sehr angenehm. Man hat einen wunderbaren Blick auf die Alpen.« Fräulein Bunt stieg vor ihm die Aluminiumleiter hinauf. »Passen Sie auf Ihren Kopf auf, bitte!« Bonds Koffer wurde vom Chauffeur heraufgereicht.
Es war ein luxuriöser Sechssitzer mit roter Lederpolsterung. Der Pilot hob den Daumen, das Bodenpersonal zog die Bremsblöcke weg, und die Maschine löste sich dröhnend vom Boden.
Irma Bunt saß auf der anderen Seite des Ganges, der Mann mit der Aktentasche hatte sich in die »Neue Zürcher Zeitung« vertieft. Bond erkundigte sich laut, um das Rattern des Motors zu übertönen: »Wohin fliegen wir?«
Sie tat, als höre sie nicht. Er wiederholte die Frage.
»In die Alpen ... in die Hochalpen«, schrie sie zurück und deutete zum Fenster hinaus. »Es ist sehr schön. Sie mögen doch die Berge?«
»Ich liebe sie«, brüllte er. Er zündete sich eine Zigarette an und schaute aus dem Fenster. Unten links war der Zürichsee. Sie nahmen Kurs nach Ost-Südost. Jetzt kam der Walensee. Bond, anscheinend uninteressiert, holte den »Daily Expreß« aus seiner Aktenmappe und vertiefte sich in den Sportteil. Nur ab und zu warf er einen gelangweilten Blick auf die Berge. Die lange Kette links waren wohl die Rätischen Alpen. Sie bogen nach rechts ab. Da war das Tal von Davos. In ein paar Minuten würde er über Tracy wegfliegen! Ja, dort lag Davos unter einer Dunstdecke, während sie hier oben im klaren Sonnenschein waren. Und jetzt waren sie wohl über

dem Engadin. Das Lichtermeer rechts mußte St. Moritz sein. Nun eine leichte Biegung nach links. Abermals Lichter. Pontresina? Das Zeichen »Anschnallen« leuchtete auf. Bond hielt es für richtig, jetzt offenes Interesse für die Umgebung zu zeigen. Unter ihnen war schon fast alles in Dunkel gehüllt, nur die Gipfel der Bergriesen wurden noch golden von den letzten Sonnenstrahlen überglänzt. Sie steuerten jetzt einen Berg an, der unterhalb des Gipfels ein kleines Plateau hatte. Er erkannte eine Gruppe von Häusern, von denen aus Kabel hinunterführten. Eine Seilbahnkabine kroch talwärts. Der Hubschrauber stand jetzt dreißig Meter über dem Plateau. Langsam senkte der Pilot die Maschine, die mit einem leichten Stoß aufsetzte. Die Rotorblätter liefen allmählich aus. Sie waren am Ziel.

Wo? Bond wußte es. Sie waren in der Nähe des Piz Languard, oberhalb von Pontresina, in über dreitausend Meter Höhe.

»Wir sind da«, verkündete Irma Bunt überflüssigerweise.

Die Tür wurde aufgerissen, die letzten Sonnenstrahlen fielen in die Kabine. Sie stieg als erste aus. Bond folgte, die eisige, dünne Luft verschlug ihm fast den Atem. Zwei Männer im Skidreß, anscheinend Skilehrer, standen herum und sahen ihn neugierig an, ohne zu grüßen. Donnerndes Motorengeräusch – der Hubschrauber verschwand rasch in der hereinbrechenden Dämmerung.

Vom Landeplatz bis zu den Häusern waren es ungefähr fünfzig Meter. Bond trödelte, um sich zu orientieren. Vor ihm war ein hellerleuchteter, langgestreckter Bau. Rechts, ebenfalls etwa fünfzig Meter entfernt, konnte er die Umrisse einer modernen Seilbahnstation erkennen, in der gerade die Lampen erloschen. Rechts davon ein spärlich erhelltes großes Schweizer Chalet mit einer langen Veranda. Links, ein wenig unterhalb des Plateaus, drang Lichtschein aus einem vierten Gebäude, von dem nur das flache Dach zu sehen war.

Wenige Meter trennten ihn noch von dem Haus, das offensichtlich ihr Ziel war. Die Frau hielt ihm die Tür auf. In dem herausfallenden Lichtschimmer konnte er ein großes Schild mit dem roten G und der Krone und der Inschrift »Gloria-Klub, 3050 Meter, Privat! Nur für Mitglieder« erkennen. Darunter wies ein Pfeil auf das Gebäude rechts: »Alpengasthaus und Restaurant Piz Gloria.«

Piz Gloria also! Bond trat ein. Der automatische Türschließer zischte leise. Es war angenehm warm, fast heiß. Sie waren in einer kleinen Halle; ein bleicher junger Mann mit Bürstenhaarschnitt und verschlagenem Blick erhob sich hinter dem Empfangspult und meldete Fräulein Bunt: »Sir Hilary hat Nummer zwei.«

»Das weiß ich«, erwiderte sie kurz. Und etwas höflicher zu Bond: »Wollen Sie bitte mitkommen.« Eine Tür führte in einen mit dicken roten Teppichen belegten Gang. Links waren einige Fenster, zwischen denen Fotos von Skiläufern und Bergen hingen, rechts die Türen zu den Klubräumen, der Bar, dem Restaurant und den Toiletten. Dann folgten die Schlafzimmer. Nummer zwei war sehr komfortabel mit seinen Chintzmöbeln im amerikanischen Motelstil und dem angrenzenden Badezimmer. Die Vorhänge vor dem breiten Fenster waren zugezogen, aber Bond konnte sich vorstellen, daß es eine herrliche Aussicht über das Engadin oberhalb von St. Moritz bot. Er warf seine Aktenmappe auf das Doppelbett, nahm erleichtert den steifen Hut ab und legte den Regenschirm daneben. Der stumme Begleiter aus dem Hubschrauber brachte seinen Koffer, stellte ihn auf den Gepäckständer und verschwand, ohne Bond anzuschauen. Fräulein Bunt fragte: »Sind Sie zufrieden?« Seine begeisterte Antwort änderte den starren Blick ihrer gelben Augen nicht. »Das freut mich. Jetzt sollte ich Ihnen wohl noch einiges über das Reglement des Klubs sagen.«

Bond zündete sich eine Zigarette an. »Das wäre sicher sehr nützlich«, meinte er höflich interessiert. »Zum Beispiel möchte ich gern wissen, wo wir sind.«

»In den Hochalpen«, antwortete sie vage. »Diese Alp, Piz Gloria, gehört dem Grafen. Er hat, zusammen mit der Gemeinde, die Seilbahn gebaut. Sie haben doch die Kabel gesehen? Sie ist erst in diesem Jahr eröffnet worden, aber sehr beliebt und bringt schon jetzt gute Einnahmen. Es gibt hier einige erstklassige Pisten, die Gloria-Abfahrt ist bereits berühmt geworden. Wir haben auch eine Bobbahn. Sie ist wesentlich größer als die Cresta in St. Moritz. Laufen Sie Ski? Oder fahren Sie Bob?«

Die gelben Augen beobachteten ihn lauernd. Er hielt es instinktiv für richtig, alle weiteren Fragen zu verneinen. Und so sagte er kläglich lächelnd: »Leider nein, mir fehlte die Gelegenheit dazu. Ich bin wohl ein unverbesserlicher Bücherwurm.«

»Schade.« Sie sah befriedigt aus. »Diese Sportanlagen tragen dem Grafen viel Geld ein. Das ist wichtig. Es hilft ihm, sein Lebenswerk zu unterhalten.«

Bond hob fragend die Brauen.

»Das Institut für physiologische Forschungen. Der Graf ist eine Kapazität auf dem Gebiet der Allergien — zum Beispiel Heufieber, die Aversion gegen Schellfisch und so weiter.«

»Interessant! Zum Glück leide ich an nichts dergleichen.«

»Die Laboratorien sind in einem eigenen Gebäude, in dem auch der Graf wohnt. Hier sind die Patienten untergebracht, und der Graf bittet Sie, sie nicht durch zu viele Fragen zu stören. Die Behandlung ist sehr diffizil.«

»Selbstverständlich. Wann kann ich den Grafen sprechen? Ich bin leider ein vielbeschäftigter Mann, Fräulein Bunt, und habe dringende Arbeiten in London zu erledigen«, erklärte er eindrucksvoll. »Die neuen afrikanischen Staaten. Allein die Entwürfe für Fahnen und Wappen, Briefmarken, Banknoten und so weiter machen uns viel zu schaffen, zumal bei der Personalknappheit. Ich hoffe, der Graf wird Verständnis dafür haben, daß seine privaten Probleme, so interessant und wichtig sie auch sind, hinter denen der Regierung zurückstehen müssen.«

Bond hatte ins Schwarze getroffen. Jetzt war sie ganz Eifer und Beflissenheit. »Natürlich, Sir Hilary. Der Graf läßt sich lediglich für heute abend entschuldigen, möchte Sie aber gern morgen vormittag um elf empfangen. Würde Ihnen das passen?«

»Selbstverständlich. Da habe ich Zeit, meine Dokumente vorzubereiten. Vielleicht ...«, er zeigte auf den kleinen Schreibtisch neben dem Fenster, »... könnte ich noch einen Extratisch bekommen, für meine Unterlagen.«

»Natürlich, Sir Hilary. Ich werde es sofort veranlassen.« Sie ging zur Tür und drückte auf einen Knopf, dann erklärte sie verlegen: »Sie haben wohl schon bemerkt, daß an der Innenseite der Tür keine Klinke ist?« (Er hatte es gesehen, verneinte es aber.) »Wenn Sie hinausgehen wollen, brauchen Sie nur zu klingeln. Es ist wegen der Patienten, sie müssen völlige Ruhe haben. Um zehn Uhr ist Feierabend. Aber es gibt einen Nachtdienst, falls Sie irgend etwas wünschen. Und die Türen sind natürlich nicht verschlossen. Sie können jederzeit in Ihr Zimmer zurück. Wir treffen uns um sechs Uhr in der Bar zum Cocktail.« Sie lächelte ihm gequält zu. »Meine

Mädchen freuen sich schon sehr darauf, Ihre Bekanntschaft zu machen.«
Die Tür öffnete sich, und einer der Skilehrer, ein dunkelhäutiger, stiernackiger Mann mit braunen südländischen Augen trat ein. Ob das einer von Marc-Anges korsischen Deserteuren war? In schlechtem Französisch erklärte sie ihm, daß noch ein Tisch gebraucht wurde. Der Mann sagte »Entendu« und verschwand. Bond sah, daß er sich im Korridor nach rechts wandte. Waren dort die Quartiere der Wächter?
»Brauchen Sie sonst etwas, Sir Hilary? Die Post geht immer mittags ab. Außerdem haben wir funktelefonische Verbindung. Darf ich dem Grafen etwas ausrichten?«
»Sagen Sie ihm bitte, daß ich mich sehr darauf freue, seine Bekanntschaft zu machen. Also bis sechs Uhr.« Er wollte allein sein und deutete auf den Koffer. »Ich muß jetzt auspacken.«
»Selbstverständlich, Sir Hilary. Entschuldigen Sie bitte, daß ich Sie aufgehalten habe.«
Er blieb in der Mitte des Zimmers stehen und holte tief Atem. In was hatte er sich da eingelassen? Am liebsten hätte er ein paar dieser zierlichen Möbelstücke mit Fußtritten traktiert. Aber er hatte bemerkt, daß eine der vier Deckenlampen nicht aus Prismenglas war. Eine verkappte Fernsehkamera? Und wenn, wie weit reichte sie? Wohl kaum über das ganze Zimmer. Mikrophon? Wahrscheinlich war die ganze Decke ein einziges Mikrophon. Er mußte damit rechnen, daß er ständig beobachtet wurde.
James Bonds Hirn arbeitete fieberhaft, während er auspackte, duschte und sich für »meine Mädchen« zurechtmachte.

9

Es war eine jener ledergepolsterten Bars, die noch neu roch. Ein riesiger steinerner Kamin mit flackerndem Feuer und ein Wagenrad mit elektrischen »Kerzen« an der Decke sollten ihr das Aussehen einer Tiroler Stube geben; aus einem verborgenen Lautsprecher erklang Zithermusik. Für Bonds Begriffe war sie ungeeignet, um sich handfest zu betrinken.
Auf seinen Eintritt folgte eine kurze Stille; dann sprachen alle durcheinander, um die neugierigen Blicke zu tarnen. Bond glaubte noch nie eine solche Ansammlung hübscher

Mädchen gesehen zu haben. Irma Bunt, in einem abscheulichen hausgemachten Après-Ski-Anzug, löste sich aus der Gruppe und steuerte auf ihn zu. »Sir Hilary!« Sie umklammerte seine Hand mit trockenem, affenartigem Griff. »Schön hier, nicht? Kommen Sie, ich will Sie meinen Mädchen vorstellen.«

Es war drückend heiß, und er spürte, wie ihm der Schweiß auf die Stirn trat, während er von Tisch zu Tisch geführt wurde und teils kalte, teils warme, teils schlaffe Hände schüttelte. Namen wie Ruby, Violet, Pearl, Anne, Elizabeth, Beryl drangen an sein Ohr, und er sah vor sich ein Meer von sonnenverbrannten, schönen Gesichtern und eine Galerie junger, herrlicher Busen. Es war wie ein Fünf-Uhr-Tee bei den Tiller- oder den Bluebell-Girls. Schließlich gelangte er zu dem Platz, der für ihn reserviert war – zwischen Irma Bunt und einer blendend aussehenden, hochbusigen Blondine mit großen blauen Augen. Überwältigt setzte er sich. Der Barmixer wartete. Bond riß sich zusammen und sagte: »Einen Whisky-Soda, bitte.« Er zündete sich umständlich eine Zigarette an, während eine verlegene Unterhaltung an den vier im Halbkreis stehenden Tischen begonnen hatte. Zehn Mädchen und Irma! Alles Engländerinnen. Keine Familiennamen. Kein anderer Mann. Alle in den Zwanzigern. Berufstätige Mädchen wahrscheinlich. Typ Luftstewardessen. Aufgeregt, weil ein Mann unter ihnen war – ein richtiger Mann und ein Baronet dazu. Bond wandte sich an die Blondine: »Entschuldigen Sie, aber ich habe Ihren Namen nicht verstanden.«

»Ich bin Ruby«, sagte sie liebenswürdig, aber zurückhaltend. »Es muß doch eine Qual sein, als einziger Mann unter so vielen Mädchen.«

»Na ja, es war eine ziemliche Überraschung, aber eine sehr angenehme. Es wird nur schwer sein, sich alle Namen zu merken.« Vertraulich flüsterte er: »Seien Sie ein Engel und helfen Sie mir durch die Runde.«

Sein Whisky kam, und er war froh, daß er stark war. Diskret nahm er einen großen Schluck; er hatte bemerkt, daß die Mädchen Coca-Cola und alkoholfreie Flips tranken. Härtere Sachen waren aber offenbar nicht verpönt. Er beschloß jedoch, aristokratische Mäßigung an den Tag zu legen.

Ruby war sichtlich froh, das Eis brechen zu können. »Also, ich fange rechts von Ihnen an. Das ist Miss Bunt, unsere Aufsichtsdame sozusagen. Aber die kennen Sie ja schon. Die in dem lila Kamelhaarpullover ist natürlich Violet. Am nächsten Tisch, die in der rotgoldenen Seidenbluse ist Anne, und die neben ihr in der grünen heißt Pearl. Sie ist hier meine beste Freundin.« Und so ging es weiter. Er schnappte Gesprächsfetzen auf: ein Geplapper, wie man es von einer Gruppe fröhlicher, gesunder Mädchen, die Skiunterricht nehmen, erwarten konnte. Nur ab und zu fiel eine ehrfürchtige Bemerkung über den Grafen, und verstohlene Blicke streiften Irma Bunt und Bond. Man wollte sich versichern, daß man sich richtig benahm und nicht zu laut war.

Während Ruby ihre diskrete Aufzählung fortsetzte, versuchte Bond, sich die zu den Gesichtern gehörenden Namen zu merken; die Mädchen schienen etwas gemeinsam zu haben, eine Art Pfadfinder-Mentalität. Ihren Akzenten nach stammten sie aus den verschiedensten Gegenden Englands. Bond hörte Dialekte aus Lancashire, Wales, Schottland.

Ruby schloß: »Und die mit den Perlen und dem Twinset ist Beryl. Jetzt kennen Sie uns alle, nicht wahr?«

Bond schaute in die runden blauen Augen, die ihn anstrahlten, und antwortete: »Offen gestanden, nein. Ich komme mir wie ein Filmkomiker vor, der sich in ein Mädchenpensionat verirrt hat. Wie wär's mit noch einem Drink?«

»Danke, gern.«

Dann fragte er Fräulein Bunt: »Und Sie, Miss Bunt?«

»Vielen Dank, Sir Hilary. Einen Apfelsaft, bitte.«

Er ging zur Bar, bestellte die Drinks und fragte sich entsetzt, wie er mehrere solcher Abende durchstehen sollte. Da hatte er plötzlich einen Einfall. Er würde das Eis brechen, indem er sich zum Mittelpunkt machte! Er verlangte ein Glas, dessen Rand er in Wasser tauchen ließ, nahm eine Papierserviette, kehrte zum Tisch zurück und setzte sich. Während ihn alle neugierig anschauten, sagte er: »Ich will Ihnen zeigen, wie wir entscheiden würden, wer zu zahlen hätte. Ich habe das beim Militär gelernt.« Er stellte das Glas vor sich, entfaltete die Papierserviette und breitete sie über die Öffnung, so daß sie am feuchten Rand klebenblieb. Dann legte er ein Fünfrappenstück behutsam in die Mitte der gespannten Serviette. »Also aufgepaßt«, verkündete er und erinnerte sich dabei, daß er das zum letztenmal in einer der übelsten Hafenspelunken von Singapore gespielt hatte. »Wer raucht? Ich brauche noch drei Damen mit brennenden Zigaretten.« Die Mädchen umringten ihn und plapperten aufgeregt.

»Das Spiel geht also um die Bezahlung der Drinks«, erläuterte Bond. »Eine nach der andern nimmt einen kräftigen Zug aus ihrer Zigarette, dann streifen Sie die Asche ab und berühren das Papier kurz mit dem glimmenden Ende – nur so lange, um ein kleines Loch hineinzubrennen ... So! Der Witz dabei ist, daß das straffgespannte Papier allmählich dünn wie ein Spinngewebe wird. Wer das letzte Loch brennt, so daß das Geldstück ins Glas fällt, muß die Getränke bezahlen. Verstanden? Fangen Sie an, Violet!«
Bezaubernde Köpfe beugten sich über Bond, weiches Haar streifte seine Wangen. Rasch hatten die Mädchen heraus, daß sie sehr vorsichtig sein mußten. Bond beschloß, ritterlich zu sein, und brannte ein so großes Loch, daß die Münze ins Glas fiel. Jubelndes Gelächter.
»Sir Hilary muß zahlen!« rief Irma Bunt; es klang, als habe sie das Spiel erfunden. »Ein reizender Zeitvertreib. Aber jetzt«, sie schaute auf ihre Herrenarmbanduhr, »müssen wir austrinken. In fünf Minuten wird gegessen.«
»Ach bitte, noch einmal, Miss Bunt!« riefen einige Mädchen. Doch Bond stand höflich mit dem Whisky in der Hand auf und sagte: »Morgen wieder, meine Damen. Ich hoffe, daß Sie nun nicht alle zu rauchen anfangen. Das Spiel ist bestimmt eine Erfindung der Tabakindustrie.«
Bewundernd hingen alle Augen an ihm. Bond klopfte sich innerlich selbst auf die Schulter. Das Eis war gebrochen. Er hatte sie alle auf seine Seite gebracht und konnte jetzt frei von der Leber weg mit ihnen reden. Befriedigt folgte er Irma Bunt mit ihren prallsitzenden Hosen in den Speisesaal.
Es war halb acht. Bond fühlte sich plötzlich erschöpft, ihm graute vor der Langeweile, ihm graute vor der schwierigsten Rolle seiner Laufbahn, ihm graute vor Blofeld und dem Piz Gloria. Was führte dieser Halunke im Schild? Blofeld hatte seine Marotte offensichtlich ein Vermögen gekostet. Mindestens eine Million Pfund, selbst wenn Schweizer Banken eine große Hypothek für den Bau der Seilbahn gegeben hatten. Es war eine gewaltige Leistung, ein solches Unternehmen auf die Beine zu stellen. Alles übrige war nur noch Sache der Reklame. Kam außerdem ein snobistischer Klub dazu und ein geheimnisvolles, von einem Grafen geleitetes Forschungsinstitut, dann hatte man bald sein Schäfchen im trockenen.
Aber es war Zeit, wieder etwas zur Unterhaltung beizutragen.

Resigniert wandte er sich an Fräulein Bunt. »Bevor wir uns zum Cocktail trafen, habe ich in meinen Büchern ein bißchen über Ihren Familiennamen nachgeblättert. Bunt bedeutet ja im Deutschen ›vielfarbig‹, ›fröhlich‹. In England ist daraus ziemlich sicher Bounty geworden oder gar Brontë. Der Großvater der berühmten Schriftstellerinnen hat nämlich das weniger aristokratisch klingende Brunty in Brontë abgeändert.« (Er wußte, daß das alles purer Unsinn war, fand aber, die Heraldik würde dadurch keinen Schaden erleiden.) »Wissen Sie vielleicht, ob Ihre Vorfahren Beziehungen zu England hatten? Dort gibt es das Herzogtum Brontë, dessen Titel Nelson verliehen wurde. Es wäre interessant, da eine Verbindung festzustellen.«
Der Groschen fiel! Herzogin! Irma Bunt schwelgte in einer weitschweifigen, langweiligen Chronik ihrer Vorfahren, die auch eine entfernte Verwandtschaft mit einem Grafen von Bunt aufwies. Bond hörte geduldig zu, brachte sie aber wieder in die nähere Vergangenheit zurück. Sie nannte ihm die Namen ihrer Eltern, die er aufschrieb. Nun konnte er bald genau eruieren, wer Irma Bunt war. Sable Basilisk hatte recht: Die Eitelkeit war eine wunderbare Falle.
Schließlich gelang es ihm, ihre Aufregung etwas zu dämpfen, und der Oberkellner, der höflich im Hintergrund gewartet hatte, legte die riesige Speisekarte vor, die alles mögliche vom Kaviar bis zum Irischen Kaffee aufführte. Es gab viele Spezialitäten à la »Gloria«: Poulet Gloria, Hummer Gloria, Tournedos Gloria und so weiter. Obwohl Bond eine Abneigung gegen alle »Spezialitäten« hatte, entschloß er sich für Huhn. Er war überrascht, wie begeistert Ruby über seine Wahl war. »Eine großartige Idee, Sir Hilary! Ich esse Huhn auch leidenschaftlich gern. Darf ich, Miss Bunt?«
Bond sah Irma Bunt an. Was bedeutete dieser matronenhafte Glanz in ihren Augen, als sie ihre Zustimmung gab? Das war nicht nur Befriedigung über den guten Appetit ihrer Schutzbefohlenen, sondern Begeisterung, ja Triumph. Merkwürdig! Und es war das gleiche, als Violet um besonders viel Kartoffeln zu ihrem Tournedos bat. »Für mich gibt es nichts Schöneres als Kartoffeln«, erklärte sie strahlend. »Habe ich nicht recht, Miss Bunt?«
»Für Sie sind sie sehr gut. Fritz, ich möchte nur gemischten Salat und etwas Weißkäse. Leider«, erklärte sie Bond, »muß ich auf meine Figur achten. Die jungen Dinger haben ge-

nügend Bewegung, während ich dauernd am Schreibtisch sitzen muß.«
Bond hörte, wie das Mädchen mit dem schottischen Akzent ihr Steak »sehr blutig« verlangte.
Was war denn das? fragte sich Bond erstaunt. Eine Ansammlung schöner Kannibalinnen? Oder war es ein Erholungstag von einer strengen Diät? Er stand vor einem Rätsel. Aber er würde schon noch dahinterkommen.
Er wandte sich an Ruby: »Sie verstehen jetzt, warum ich Familiennamen eine solche Bedeutung beimesse? Fräulein Bunt hat vielleicht sogar ein weitläufiges Anrecht auf einen englischen Adelstitel. Wie heißen Sie denn? Vielleicht kann ich da auch etwas feststellen?«
Irma Bunt unterbrach ihn scharf: »Hier gibt es keine Familiennamen, Sir Hilary. Die Mädchen werden nur mit ihren Vornamen angesprochen. Das gehört zur Behandlung. Der Graf findet, daß damit eine Persönlichkeitsumstellung verbunden ist, die sich günstig auf die Kur auswirkt. Verstehen Sie?«
»Nein, ich fürchte, das geht über meinen Horizont«, erwiderte Bond liebenswürdig.
»Sicher wird Ihnen der Graf darüber morgen einiges sagen. Er hat seine bestimmten Theorien. Eines Tages wird die Welt staunen, wenn er seine Methoden veröffentlicht.«
»Davon bin ich überzeugt«, murmelte Bond. Beim Essen machte er Konversation über die Einrichtung des Raumes, was ihm Gelegenheit gab, die Kellner eingehend zu betrachten. Von den zwölf ließen sich unschwer drei als Korsen, drei als Deutsche, drei als Türken, Bulgaren oder Jugoslawen und drei als Russen identifizieren. In der Küche waren wahrscheinlich drei Franzosen. Das alte Schema von SPECTRE? Das erprobte kommunistische Zellen-System mit je drei Männern aus den großen Gangster- und Geheimdienst-Organisationen Europas? Sie sahen jedenfalls alle brutal genug dafür aus und hatten den Habitus von Berufsverbrechern. Sein Begleiter vom Flughafen war darunter; außerdem erkannte er den jungen Empfangschef und den Mann, der ihm den Tisch gebracht hatte. Er hörte, daß die Mädchen sie mit Fritz, Joseph, Iwan und Achmed anredeten. Und einige von ihnen waren tagsüber Skilehrer.
Gleich nach dem Essen entschuldigte sich Bond mit dringenden Arbeiten. Er ging in sein Zimmer, legte Bücher und Pa-

piere auf die Tische und beugte sich scheinbar eifrig darüber, während er über die Ereignisse des Tages nachdachte.
Um zehn hörte er, wie die Mädchen sich auf dem Gang gute Nacht wünschten. Dann folgte das Einschnappen der Türen. Er zog sich aus, stellte den Thermostat von dreißig auf fünfzehn Grad, knipste das Licht aus, legte sich ins Bett, gähnte möglichst echt für das vermutliche Mikrophon, drehte sich um und schlief ein.
Viel später erwachte er durch ein leises Murmeln, das von irgendwoher unter dem Fußboden zu kommen schien. Da er keine Worte unterscheiden konnte, schrieb er es schließlich der Zentralheizung zu und schlief weiter.

10

James Bond erwachte durch den Todesschrei eines Mannes. Ein paar Sekunden gellte er durchdringend, wurde dann schnell leiser, als wäre der Mann in einen Abgrund gesprungen. Er kam von rechts, anscheinend aus der Umgebung der Seilbahnstation.
Bond sprang aus dem Bett, zog die Vorhänge zurück und erwartete eine in Panik geratene Menge. Doch der einzige Mensch weit und breit war einer der Skilehrer, der langsam auf dem festgestampften Schneepfad von der Seilbahnstation zum Klub ging. Die Veranda des Klubs am Berghang war leer, aber die Tische waren zum Frühstück gedeckt und die Liegestühle aufgestellt. Die Sonne brannte aus einem kristallklaren Himmel. Bond schaute auf seine Uhr: acht. Er ging zur Tür und läutete.
Einer der drei Männer, die Bond für Russen hielt, erschien. Bond erkundigte sich von oben herab: »Wie heißen Sie?«
»Peter, Sir.«
»Piotr?« Am liebsten hätte er gefragt: »Und wie geht es meinen lieben alten Freunden von SMERSH?« Aber er tat es nicht. »Was war das für ein Schrei?«
»Bittä?« Die stahlgrauen Augen waren wachsam.
»Eben hat doch ein Mann geschrien. Bei der Seilbahnstation. Was war das?«
»Offenbar ein Unfall, Sir. Wünschen Sie das Frühstück?« Er zog eine große Speisekarte unter dem Arm hervor und reichte sie Bond.

»Was für ein Unfall?«
»Es scheint, daß einer der Skilehrer gestürzt ist.«
Wie konnte der Mann das so kurz nach dem Schrei wissen?
»Ist er schwer verletzt?«
»Möglich, Sir.« Er hielt Bonds Blick stand. »Wünschen Sie das Frühstück?« wiederholte er.
Bond erwiderte besorgt: »Ich hoffe, daß dem Mann nichts Schlimmes zugestoßen ist.« Dann bestellte er. »Sagen Sie mir doch bitte Bescheid, was passiert ist.«
»Wenn es etwas Ernstes ist, wird es bestimmt bekanntgegeben. Danke sehr, Sir.« Der Mann verschwand.
Ich muß vor allem gut in Form bleiben, dachte Bond, und machte eine Viertelstunde lang Kniebeugen und Atemübungen. Vielleicht mußte er eines Tages auf schnellstem Wege von hier fort ... Danach duschte und rasierte er sich. Peter brachte das Frühstück. »Etwas Neues über den Skilehrer?«
»Ich habe noch nichts gehört, Sir. Außerdem betrifft das die Leute vom Außendienst. Ich arbeite im Klub.«
Bond beschloß, die Sache zu bagatellisieren. »Er wird ausgerutscht sein und sich einen Knöchel gebrochen haben. Armer Kerl.«
»Ja, Sir.« Sahen ihn die stahlgrauen Augen höhnisch an?
Bond trug sein Frühstück zum Schreibtisch. Mit einiger Mühe gelang es ihm, das Doppelfenster zu öffnen. Die kalte köstliche Höhenluft drang herein, und er stellte schnell den Thermostat höher. Während er das kärgliche kontinentale Frühstück verzehrte, hörte er die Mädchen auf der Terrasse. Er konnte jedes Wort verstehen.
»Sarah hätte ihn doch nicht gleich verpetzen müssen.«
»Aber er hat sich doch in der Dunkelheit an sie herangemacht und versucht, sie zu betätscheln. An ihrer Stelle hätte ich mich auch beschwert. Er ist so ein gräßlicher Kerl.«
»*War*, meinst du. Welcher war es denn?«
»Einer von den Jugoslawen, Bertil.«
»Der war widerlich und hatte so häßliche Zähne.«
»So spricht man nicht von einem Toten.«
»Woher weißt du, daß er tot ist? Was ist eigentlich mit ihm passiert?«
»Er war einer von den beiden, die morgens immer die Bobbahn bespritzen. Fritz hat mir erzählt, er ist ausgerutscht und hat das Gleichgewicht verloren und ist einfach die Bahn runtergesaust wie ein Bob.«

»Elizabeth! Wie kannst du nur so darüber sprechen?«
»Aber so war's doch. Du wolltest es ja wissen!«
»Konnte er sich denn nicht retten?«
»Rede kein Blech! Es ist doch blankes Eis, zwei Kilometer lang. Und die Bobs kriegen ein Tempo von hundert Sachen drauf. Er konnte nicht mal mehr beten.«
»Aber ist er nicht über eine der Kurven hinausgeflogen?«
»Fritz sagt, er ist die ganze Bahn runtergesaust und dann gegen die Zielhütte geprallt. Er meint, daß er schon nach den ersten hundert Metern oder so tot gewesen ist.«
»Ich glaube bestimmt, daß es die Strafe für das war, was er Sarah antun wollte. Man wird immer bestraft, wenn man etwas Böses tut!«
»Mach dich doch nicht lächerlich! Der liebe Gott hat andere Sorgen!«
Bond zündete eine Zigarette an und lehnte sich zurück. Das Mädchen hatte recht. Der liebe Gott würde sich kaum eine solche Strafe ausdenken. Aber Blofeld! Hatte er eine seiner Versammlungen abgehalten, bei der vor der ganzen Bande das Todesurteil verkündet worden war? Oder hatte man Bertil auf der Bahn einfach einen leichten Stoß gegeben? Das war wahrscheinlicher. Bond konnte sich das Entsetzen des Mannes vorstellen. Was für ein Tod! Ein echter Blofeld-Tod! Eine typische SPECTRE-Strafe für das schlimmste aller Vergehen – für Ungehorsam! SPECTRE war also wieder da! Aber was war ihr Ziel?
Zehn Minuten vor elf holte Irma Bunt ihn ab. Er nahm einen Armvoll Bücher und Papiere und folgte ihr um das Klubgebäude herum auf einem engen, ausgetretenen Pfad, an dessen Anfang ein Schild stand: PRIVAT. ZUGANG VERBOTEN.
Bond sah nun das ganze Gebäude, dessen Umrisse er gestern abend kaum hatte erkennen können. Ein mächtiger, einstöckiger Bau aus Quadersteinen mit flachem Zementdach, auf dem ein kleiner Funkmast emporragte.
Die Tür gab das übliche Zischen von sich, und der Korridor glich dem im Klubhaus, nur daß hier an beiden Seiten Türen waren und an den Wänden keine Bilder hingen. Es herrschte Totenstille.
Auf seine Frage antwortete Irma Bunt vage: »Laboratorien. Und der Vortragssaal. Und die Privaträume des Grafen. Er lebt für sein Werk, inmitten seiner Arbeit, Sir Hilary.«
Am Ende des Ganges klopfte sie an eine Tür.

Bond war sehr erregt, als er über die Schwelle trat und die Tür hinter sich ins Schloß fallen hörte. Er wußte, was er höchstwahrscheinlich nicht zu Gesicht bekommen würde: den Original-Blofeld vom vorigen Jahr, etwa einhundertdreißig Kilo schwer, groß, blasse Hautfarbe, kurzgeschnittenes schwarzes Haar, schwarze Augen, bei denen das Weiße vorherrschte, häßlicher dünner Mund, lange, schmale Hände und Füße.
Doch Monsieur le Comte de Bleuville, der sich von einem Liegestuhl auf der kleinen Privatveranda erhob und aus der grellen Sonne in das Halbdunkel seines Arbeitszimmers trat, die Hände zur Begrüßung ausgestreckt, war bestimmt nicht einmal ein entfernter Verwandter des Mannes, dessen Bilder er in den Akten des Secret Service gesehen hatte!
Bonds Herz sank. Der Graf war groß, zugegeben, und seine Hände und nackten Füße waren lang und schmal. Aber damit endete die Ähnlichkeit auch schon. Er hatte langes, fast dandyhaft gepflegtes silberweißes Haar. Die Ohren, die eng anliegen sollten, standen leicht ab, und er hatte keine Ohrläppchen. Er war nur mit einer schwarzen Badehose bekleidet und wog höchstens fünfundsiebzig Kilo. Der Mund war voll und freundlich, mit einem angenehmen, allerdings starren Lächeln. Die Stirn war hoch und faltig, während sie auf den Bildern in den Akten niedrig war. Und anstelle einer kurzen, fleischigen Nase hatte er nun eine Adlernase, deren rechter Flügel allerdings wie durch eine tertiäre Syphilis zerfressen war. Die Augen? Sie müßten die gleichen sein, aber der Graf trug zum Schutz gegen die gefährlichen ultravioletten Strahlen dunkelgrüne Haftgläser.
Bond lud seine Bücher auf einem leeren Tisch ab und ergriff die warme, trockene Hand.
»Mein lieber Sir Hilary, das ist wirklich eine Freude.« Blofelds Stimme sollte tief und fast monoton sein. Diese hier war hell und lebendig.
Wütend dachte Bond: Verdammt noch mal, das *muß* doch Blofeld sein! »Es tut mir leid, daß ich nicht früher kommen konnte, aber wir haben momentan sehr viel Arbeit.«
»Fräulein Bunt hat es mir gesagt. Die neuen afrikanischen Staaten stellen sicher schwierige Probleme. Wollen wir hier im Zimmer bleiben oder auf die Veranda gehen? Ich bin nämlich ein Sonnenanbeter.«
»Ich kann ja die Bücher hier lassen und sie holen, wenn ich etwas nachschlagen muß. Ich habe den Fall ziemlich genau im

Kopf. Und«, Bond lächelte verschmitzt, »es wäre nett, mit einem Sonnenbrand in den Londoner Nebel zurückzukehren.«
Bond hatte sich in London mit Kleidungsstücken ausgestattet, die er für angebracht hielt. Er hatte nicht die modernen Elastic-Hosen gewählt, sondern bequemere, altmodischere und eine alte schwarze Windjacke, wie er sie beim Golf trug. Dazu auffallende neue Skischuhe mit Doppelschaft. »Ich ziehe wohl besser meine Jacke aus«, sagte er und folgte seinem Gastgeber auf die Veranda.
Der Graf legte sich wieder auf seinen gepolsterten Aluminium-Liegestuhl, Bond zog einen leichten Sessel aus dem gleichen Material heran und setzte sich mit dem Gesicht zur Sonne, aber so, daß er den Grafen beobachten konnte.
»Und jetzt können Sie mir vielleicht erklären, warum eigentlich Ihr persönlicher Besuch nötig ist.« Er wandte sich mit seinem starren Lächeln zu Bond. »Nicht daß Sie mir unwillkommen wären, ganz im Gegenteil, Sir Hilary.«
Bond hatte mit dieser Frage gerechnet und darauf zwei Antworten parat: die erste für den Fall, daß der Graf Ohrläppchen hatte, die zweite für den negativen. In ernstem, gemessenem Ton begann er mit Nummer zwei.
»Mein lieber Graf«, diese Anrede schien ihm durch das Silberhaar und den Charme geboten zu sein, »bei der Arbeit unseres Amtes tauchen immer wieder Probleme auf, die man mit Nachforschungen und Archivstudien einfach nicht lösen kann. Wir sind, wie Sie wissen, in Ihrem Fall an einem schwierigen Punkt angelangt. Ich meine die Lücke zwischen dem Verschwinden der Linie Bleuville um die Zeit der Französischen Revolution und dem Auftauchen der Familie Blofeld in der Gegend von Augsburg.« Er machte eine bedeutungsvolle Pause. »Zum letzteren werde ich Ihnen später einen Vorschlag unterbreiten, der Ihnen hoffentlich genehm ist. Jetzt möchte ich folgendes sagen: Sie haben für diese Arbeit schon erhebliche Summen aufgewendet, und es wäre nicht fair von uns, die Nachforschungen ohne berechtigte Aussicht auf Erfolg fortzusetzen. Diese Aussicht besteht, aber sie erforderte eine persönliche Konfrontierung.«
»Und warum, wenn ich fragen darf?«
Bond zitierte Basilisks Beispiel der Habsburger Unterlippe und ähnliche Fälle. Dann beugte er sich vor. »Ein solches körperliches Merkmal gibt es auch bei den Bleuvilles. Wußten Sie das nicht?«

»Nein. Was denn für eines?«
»Ich habe gute Nachrichten für Sie, Graf«, verkündete Bond strahlend. »Alle Porträts und sonstigen Abbildungen der Bleuvilles, die wir ausfindig machen konnten, haben eines gemeinsam: die fehlenden Ohrläppchen!«
Der Graf langte an seine Ohren. War das Komödie?
»Ich verstehe«, sagte er langsam. »Ich verstehe.« Er überlegte. »Und davon wollten Sie sich persönlich überzeugen? Mein Wort oder eine Fotografie hätten nicht genügt?«
Bond sah ihn verlegen an. »Es tut mir leid, Graf, aber das war die Anordnung unseres Chefs. Ich bin nur ein freier Mitarbeiter und hoffe, Sie werden verstehen, daß das Amt äußerst korrekt vorgehen muß, wenn es sich um einen solch alten und prominenten Titel handelt.«
»Und nachdem Sie nun alles gesehen haben, was Sie wollten, halten Sie es da immer noch für schwierig, den Titel zu erlangen?«
Das war die schlimmste Hürde. »Der persönliche Augenschein ermöglicht es mir, eine Fortsetzung der Nachforschungen zu empfehlen, Graf. Und ich kann sagen, daß sich unsere Erfolgschancen vervielfacht haben. Ich habe die Unterlagen für eine erste Skizzierung des Stammbaumes mitgebracht und kann sie Ihnen in ein paar Tagen vorlegen. Doch leider sind aber immer noch viele Lücken vorhanden. Vor allem muß ich Sable Basilisk detaillierte Auskunft geben über die Abwanderung Ihrer Familie von Augsburg nach Gdingen. Es wäre mir sehr wertvoll, wenn ich Sie eingehend über die männliche Linie befragen könnte. Selbst Einzelheiten über Ihren Vater und Ihren Großvater würden uns enorm weiterhelfen. Könnten Sie sich eventuell für einen Tag frei machen und mich nach Augsburg begleiten, um persönlich festzustellen, ob die Handschrift dieser in den Archiven aufgeführten Blofelds sowie deren Vornamen und anderes irgendwelche Erinnerungen in Ihnen wecken? Das übrige würden wir dann im Amt erledigen. Ich habe leider nur eine Woche Zeit, aber ich stehe Ihnen auf Wunsch für diese Reise zur Verfügung.«
Der Graf stand auf. Bond folgte seinem Beispiel, ging lässig zum Geländer und bewunderte die Aussicht. Würde er anbeißen? Er hoffte es verzweifelt. Während der Unterhaltung war er zu dem Schluß gekommen, daß alle charakteristischen Züge im Äußeren und im Auftreten Blofelds durch geschickte Schauspielerei und raffinierte chirurgische und kosmetische

Mittel erreicht werden konnten. Nur die Augen konnte man nicht verändern. Und die waren verdeckt.
»Und Sie meinen, selbst wenn einige Punkte zweifelhaft bleiben, könnte ich durch Ausdauer und Beharrlichkeit zu einer Beglaubigungsurkunde gelangen, die das Justizministerium in Paris befriedigt?«
»Gewiß«, log Bond. »Und mit Unterstützung unseres Amtes!«
Das starre Lächeln wurde breiter. »Das wäre mir eine große Genugtuung, Sir Hilary. Ich *bin* der Comte de Bleuville; das spüre ich genau. Aber ich bin fest entschlossen, die amtliche Anerkennung meines Titels durchzusetzen. Sie sind mir als mein Gast herzlich willkommen. Ich stehe Ihnen für Ihre Nachforschungen jederzeit zur Verfügung.«
Bond sagte höflich, aber mit müdem Unterton: »Vielen Dank, Graf. Ich mache mich gleich an die Arbeit.«

11

Ein Mann in weißem Kittel und Sterilisationsmaske führte ihn hinaus. Bond versuchte erst gar nicht, eine Unterhaltung anzuknüpfen.
In sein Zimmer zurückgekehrt, breitete er einen großen Bogen auf dem Tisch aus, setzte sich hin und schrieb oben in die Mitte: »Guillaume de Bleuville, 1207–1243.« Nun mußte er den fünfhundertjährigen Stammbaum der Bleuvilles nach seinen Büchern und Notizen anfertigen. Das würde eine imposante Menge Papier mit einwandfreien Geschichtsdaten füllen. Bestimmt könnte er diese Arbeit mindestens drei Tage hinziehen und dann mit allgemeinem Gefasel über die Blofelds ergänzen. Während dieser idiotischen Tätigkeit würde er mit allen Mitteln herauszubringen versuchen, was der neue Blofeld mit seinem neuen Spectre im Schilde führte!
Eines stand fest: Seine Sachen waren durchsucht worden. Vor der Unterredung mit dem Grafen hatte er sich im Badezimmer, wohin das Fernsehauge nicht reichte, ein halbes Dutzend Haare ausgerissen und sie unauffällig zwischen Bücher, Papiere und in seinen Paß gelegt. Und jetzt waren sie verschwunden. Jemand hatte seine Bücher durchblättert. Er ging zur Kommode, anscheinend um ein Taschentuch zu holen. Ja – die von ihm mit wohlberechneter Sorgfalt eingeräumten Sachen waren kaum merkbar durcheinandergebracht! Ruhig

machte er sich wieder an seine Arbeit und dankte dem Himmel, daß er nichts zu verbergen hatte. Er mußte peinlich darauf bedacht sein, weiterhin unverdächtig zu bleiben. Der Gedanke an eine Fahrt die Bobbahn hinunter gefiel ihm gar nicht!

Er war bis 1350 gekommen. Dann lenkten ihn die Geräusche von der Veranda zu sehr ab. Er hatte ein ganz schönes Stück Arbeit geleistet, nun wollte er vorsichtig das Terrain sondieren, was ja für einen Neuankömmling durchaus normal war. Er hatte seine Zimmertür nur angelehnt, eilte den Korridor entlang, durch das Vestibül und betrat eine Werkstatt links vom Ausgang, die zugleich als Abstellraum für die Skier diente. Einer der Balkanesen schraubte gerade eine neue Bindung an einen Ski. Er schaute kurz auf und arbeitete dann weiter, während Bond neugierig die an die Wand gelehnten Skier betrachtete. Dann sah er mit geheucheltem Interesse dem Mann an der Werkbank zu. In Wirklichkeit hatte er einen Berg dünner Plastikstreifen entdeckt, die in den Bindungen als Sohlenschoner für die Stiefel dienen. Er stützte sich auf den rechten Ellbogen und sprach über die Präzisionsarbeit des Mannes, der nur knurrte. Bonds linke Hand schlüpfte unter dem aufgestützten Arm hindurch, nahm einen der Plastikstreifen und steckte ihn in den Ärmel. Nach einer weiteren belanglosen Bemerkung, auf die er auch keine Antwort bekam, ging er hinaus.

(Sowie der Arbeiter hörte, daß Bond das Haus verlassen hatte, zählte er die Plastikstreifen zweimal nach. Dann eilte er zum Empfangschef und sagte etwas auf deutsch. Der Mann nickte, hob den Telefonhörer ab und wählte O.)

Während Bond den Pfad zur Seilbahnstation entlangschlenderte, zog er den Plastikstreifen aus dem Ärmel und schob ihn in die Hosentasche. Er war mit sich zufrieden. Er hatte sich das traditionelle Einbrecherwerkzeug zum Öffnen von Sicherheitsschlössern verschafft.

Er gesellte sich zu den Skifahrern, die am Start der Gloria-Abfahrt standen. Ein großes Schild mit dem G und der Krone verkündete: GLORIA-ABFAHRT! Darunter stand: ROT — FREIE FAHRT. GELB — FREIE FAHRT. SCHWARZ — GESPERRT. Das sollte wohl heißen, daß die rote und gelbe Bahn offen waren, die schwarze aber geschlossen, vermutlich wegen Lawinengefahr. Daneben hing eine metallene Reliefkarte der drei Abfahrten. Bond prägte sie sich gut ein, vor allem den Verlauf der roten, anscheinend die leichteste und beliebteste. Auf der Karte bezeichneten rote, gelbe und schwarze Fähnchen die Standorte der richtigen Flaggen.

Bond folgte einem Pfeil mit der Aufschrift: GLORIA-EXPRESS-BOBBAHN. Sie begann auf der anderen Seite der Seilbahnstation bei einer kleinen Starthütte. Darunter befand sich ein Schuppen für die Bobschlitten und die Skeletons. Eine Kette mit einem Schild ABFAHRTEN TÄGLICH VON 9 BIS 11 UHR sperrte die breite Öffnung der Bahn, die gleich dahinter nach links abbog. Auch hier zeigte eine Reliefkarte den Verlauf an. Nach englischer Sporttradition waren die wichtigsten Kurven und Gefälle mit Namen wie »Todessprung«, »Freude der Hölle« und »Knochenschüttler« bezeichnet. Das letzte Stück hieß »Paradiesallee«. Bond rief sich die Szene vom Morgen ins Gedächtnis und glaubte, den entsetzlichen Schrei wieder zu hören. Ja, dieser Tod zeigte die Handschrift des alten Blofeld!

»Sir Hilary! Sir Hilary!«

Fräulein Bunt stand, die Hände in die Hüften gestemmt, auf dem Weg zum Klub und rief: »Mittagessen! Mittagessen!«

»Ich komme!« schrie er zurück und stieg den Hang hinauf zu ihr. Er merkte, daß selbst nach dieser kurzen Strecke sein Atem schnell ging und seine Glieder schwer wurden. Diese verdammte Höhe! Er mußte wirklich trainieren!

Sie sah ihn vorwurfsvoll an. Er entschuldigte sich, daß er nicht auf die Zeit geachtet habe. Sie antwortete nicht, doch ihre gelben Augen musterten ihn mit offensichtlichem Mißfallen. Dann drehte sie sich um und ging voraus.

Bond überprüfte seine heutigen Unternehmungen. Hatte er einen Fehler begangen? Vielleicht. Es war besser, sich abzusichern. In der Empfangshalle sagte er beiläufig: »Übrigens, Fräulein Bunt, ich war vorhin in der Werkstatt.«

Sie blieb stehen. Der Empfangschef beugte sich tiefer über sein Buch.

»Ja?«

Bond zog den Plastikstreifen aus der Tasche und erklärte: »Dort habe ich genau das gefunden, was ich suchte.« Er lächelte unbefangen. »Dummerweise habe ich nämlich vergessen, ein Lineal mitzubringen. Als ich dieses Ding in der Werkstatt sah, habe ich mir erlaubt, es einzustecken — genau das, was ich brauche. Bei meiner Abreise lasse ich es natürlich hier. Aber für diese Stammbäume muß man ordentliche Linien ziehen. Ich hoffe, Sie haben nichts dagegen.« Er lächelte bestrickend. »Ich hatte mir auch gleich vorgenommen, es Ihnen zu beichten.«

»Nicht so wichtig. Nur – wenn Sie in Zukunft etwas brauchen, läuten Sie doch bitte. Der Graf wünscht, daß Ihnen alles zur Verfügung gestellt wird, was Sie benötigen. Lassen Sie sich bitte auf der Terrasse Ihren Tisch zeigen. Ich komme gleich nach.«

Er ging durch den ziemlich leeren Speisesaal zur vollbesetzten Terrasse. Fritz, anscheinend der Oberkellner, eilte ihm entgegen, die Speisekarte in der Hand. Auch er sah ihn feindselig an. »Wollen Sie mir bitte folgen.«

Ruby und Violet saßen bereits an dem Tisch an der Brüstung. Er fühlte sich erleichtert, daß er seinen kleinen Diebstahl gestanden hatte. Diesmal war er noch davongekommen! Und dazu hatte er den Plastikstreifen! Ob es wohl harmlos genug geklungen hatte? Er bestellte einen doppelten Wodka mit Martini, Eis und Zitrone, während er seinen Fuß an den Rubys preßte.

Sie zog ihn nicht zurück, sondern lächelte. Auch Violet lächelte. Beide begannen gleichzeitig zu reden, und plötzlich war es ein wunderschöner Tag.

Nun erschien Fräulein Bunt; sie war wieder gnädig. »Ich freue mich, daß Sie eine ganze Woche hierbleiben, Sir Hilary. War Ihre Unterredung mit dem Grafen zufriedenstellend? Ist er nicht ein interessanter Mann?«

»Hochinteressant. Leider sprachen wir bloß über meine Aufgabe. Ich hätte mich gern nach seinen Forschungen erkundigt. Hoffentlich hat er das nicht als Unhöflichkeit aufgefaßt?«

Ihre Miene verdüsterte sich merklich. »Bestimmt nicht. Der Graf äußert sich ungern über seine Arbeit. Auf diesem speziellen Forschungsgebiet gibt es viel Neid und leider auch geistigen Diebstahl.« Schnell fügte sie hinzu: »Ich meine natürlich nicht Sie, Sir Hilary, aber wir haben schon Spione von chemischen Konzernen hiergehabt. Darum bleiben wir ganz unter uns. Sogar die Polizei im Tal hilft mit, uns unwillkommene Eindringlinge vom Hals zu halten. Man schätzt die Arbeit des Grafen.« Miss Bunt grinste abstoßend.

»Das Studium der Allergien?«

»Jawohl.« Der Oberkellner stand neben ihr und verteilte, die Hacken zusammenschlagend, die Speisekarten. Bonds Getränk kam, er nahm erst einen tiefen Schluck und bestellte dann »Eier Gloria« und grünen Salat. Ruby verlangte wieder Huhn,

Violet kaltes Fleisch mit einem Berg Kartoffeln und Irma Bunt ihren üblichen Weißkäse mit Salat.
»Essen Sie eigentlich immer nur Huhn und Kartoffeln? Hat das etwas mit Ihren Allergien zu tun?«
Ruby begann: »Ja, schon. Ich schwärme eben jetzt für ...«
Irma Bunt unterbrach sie scharf: »Sie wissen doch, Ruby, daß Sie nicht über die Behandlung sprechen sollen. Nicht einmal mit unserem guten Freund Sir Hilary.« Sie deutete auf die dichtbesetzten Tische. »Ein interessantes Publikum, nicht wahr, Sir Hilary? Wir haben fast die ganze internationale Gesellschaft von Gstaad und St. Moritz zu uns hergezogen. Ist das nicht toll für die erste Saison?«
Bond stimmte zu. Das Essen kam. Die Eier waren köstlich, und er machte ihr Komplimente über die vorzügliche Küche.
»Vielen Dank. Wir haben drei erstklassige französische Köche. Männer kochen wirklich besser.«
Er spürte mehr, als er sah, wie sich ein Mann ihrem Tisch näherte und auf ihn zusteuerte. Offenbar ein Offizier in Zivil, in seinem Alter, der ihn zweifelnd anschaute. Er verbeugte sich leicht vor den Damen und sagte zu Bond: »Entschuldigen Sie bitte, aber ich sah Ihren Namen im Gästebuch. Sie sind doch Hilary Bray, nicht wahr?«
Bond fiel das Herz in die Hosen. Mit solch einer Situation hatte er zwar rechnen müssen und sich auch darauf vorbereitet. Aber das war wohl der denkbar ungünstigste Moment, in Gegenwart dieser verdammten Person, die ihn bespitzelte.
Er bestätigte jedoch herzlich: »Freilich.«
»*Sir* Hilary Bray?« Das freundliche Gesicht blickte noch erstaunter.
Bond stand auf und stellte sich mit dem Rücken zum Tisch und zu Irma Bunt. »Jawohl.« Er zog sein Taschentuch heraus und putzte sich die Nase, um die nächste Frage, die katastrophal werden könnte, zu übertönen.
»Beim Lovat-Schützenregiment im Krieg?«
»Ach so«, erwiderte Bond bekümmert und senkte die Stimme. »Sie meinen meinen Vetter aus Ben Trilleachan. Er ist vor einem halben Jahr gestorben, der arme Kerl. Ich habe den Titel geerbt.«
»Mein Gott!« Der Mann sah ihn groß an. »Wie leid mir das tut. Wir waren gute Freunde im Krieg. Merkwürdig, ich habe gar nichts darüber in der ›Times‹ gelesen. Woran ist er denn gestorben?«

Bond spürte, wie ihm der Schweiß den Rücken herunterlief. »Er ist in den Bergen abgestürzt und hat sich das Genick gebrochen.«

»Schrecklich! Aber er ist ja immer irgendwo herumgeklettert. Ich muß gleich an Jenny schreiben.« Er streckte ihm die Hand hin. »Entschuldigen Sie bitte die Störung. Aber ich hätte es reizend gefunden, ausgerechnet hier meinen alten Freund Hilary zu treffen.« Er empfahl sich und kehrte an einen Tisch mit typisch englischen Touristen zurück, mit denen er sofort äußerst lebhaft zu sprechen begann.

Bond setzte sich, nahm sein Glas, trank es aus und wandte sich wieder den Eiern zu. Die Frauen blickten ihn neugierig an, der Schweiß lief ihm über die Stirn. Er zog sein Taschentuch heraus und trocknete sich das Gesicht. »Meine Güte, ist das heiß in der Sonne! Das war ein Freund meines Vetters. Er hieß genau wie ich. Leider ist er vor kurzem verunglückt. Ich habe diesen Mann noch nie gesehen. Aber er ist sehr sympathisch.« Bond blickte tapfer über den Tisch. »Kennen Sie jemand von der Runde, Fräulein Bunt?«

Ohne auch nur einen Blick in die Richtung zu werfen, antwortete sie kurz: »Nein, ich kenne nicht jeden Gast.« Die gelben Augen noch immer inquisitorisch auf ihn geheftet, fuhr sie fort: »Was für ein merkwürdiger Zufall! Haben Sie und Ihr Vetter sich sehr ähnlich gesehen?«

»Wie ein Ei dem andern«, sprudelte er hervor. »Wir sind oft verwechselt worden.« Er schaute hinüber zu der Gruppe, die Gott sei Dank gerade aufbrach. Sie waren nicht besonders elegant, eine typisch englische Skigesellschaft. Als der Kaffee kam und er vergnügt mit Ruby über ihre heutigen Fortschritte beim Skifahren plauderte, sagte er sich, daß Irma Bunt bei dem Stimmengewirr kaum etwas verstanden haben konnte. Aber er war nur mit knapper Not entronnen. Das zweite Mal heute!

12

Mein lieber Basilisk,

Ich bin gut hier gelandet – im Hubschrauber, bitte! Ein herrlicher Ort – er heißt Piz Gloria, 3000 Meter hoch im Engadin. Ich bin in einem sehr angenehmen Haus mit vorzüglichem

internationalem Personal untergebracht. Der Graf hat eine äußerst tüchtige Privatsekretärin, Fräulein Irma Bunt, die, wie sie mir erzählt, aus München stammt.
Ich hatte heute morgen eine erste aufschlußreiche Unterredung mit dem Grafen. Er möchte, daß ich eine Woche hierbleibe, um den Stammbaum zu skizzieren. Ich hoffe, Sie können mich so lange entbehren. Ich machte den Grafen darauf aufmerksam, daß wir mit den neuen Commonwealth-Staaten jetzt sehr viel zu tun hätten. Er selbst ist auch stark beschäftigt; er arbeitet wissenschaftlich über Allergien und ihre Ursachen (er hat hier zehn englische Mädchen als Patientinnen) und will mich jeden Tag sprechen in der Hoffnung, daß wir gemeinsam die Lücke zwischen der Auswanderung der Bleuvilles aus Frankreich nach Augsburg und dann nach Gdingen schließen können. Ich habe ihm vorgeschlagen, wir sollten dieserhalb nach Beendigung meiner Arbeit hier noch einen kurzen Abstecher nach Augsburg machen, aber er hat noch nicht zugestimmt.
Teilen Sie doch bitte meiner Kusine Jenny Bray mit, daß sie wahrscheinlich von einem Freund ihres verstorbenen Mannes, einem Regimentskameraden von den Lovatjägern, hören wird. Er hat mich hier oben zufällig beim Mittagessen getroffen und mich mit ihm verwechselt. Die Welt ist klein!
Die Arbeitsbedingungen sind ausgezeichnet. Wir sind völlig für uns, abseits vom Skirummel, und die Mädchen müssen vernünftigerweise um zehn Uhr abends in ihre Zimmer gehen. Sie sind sehr nett.
Jetzt aber zum Interessantesten. Der Graf hat tatsächlich *keine* Ohrläppchen! Ist das nicht eine gute Nachricht? Er sieht sehr distinguiert aus mit seinem silbergrauen Haar und hat ein charmantes Lächeln. Schon die schlanke Figur deutet auf aristokratische Herkunft hin. Leider muß er wegen seiner schwachen Augen ständig dunkle Haftgläser tragen, zum Schutz gegen die grelle Sonne. Sein Adlerprofil ist durch einen deformierten Nasenflügel entstellt, was sich aber leicht operativ beseitigen ließe. Er spricht ein makelloses Englisch mit ganz leichtem Akzent; ich bin überzeugt davon, daß wir gut miteinander auskommen werden.
Nun zur Sache. Vielleicht könnten Sie bei den alten Verlegern des »Gotha« anfragen, ob dort noch irgendwelches Material vorhanden ist, um die Lücken zu ergänzen. Telegrafieren Sie mir alle sachdienlichen Hinweise. Angesichts des fehlenden Ohrläppchens bin ich nun sicher, daß die Herkunft stimmt.

Das wäre alles für heute.

Herzlichst
Ihr
Hilary Bray.

PS: Erzählen Sie es nicht meiner Mutter, weil sie sich sonst ängstigen würde, aber wir haben heute hier einen scheußlichen Unfall gehabt. Ein Angestellter, ein Jugoslawe, ist auf der vereisten Bobbahn ausgeglitten, hinuntergesaust und dabei umgekommen. Grauenvoll! Anscheinend wird er morgen in Pontresina beerdigt. Sollten wir einen Kranz schicken?

H.B.

Er las den Brief mehrere Male. Ja, das würde den Bearbeitern des Unternehmens »Corona« einiges zu beißen geben. Besonders der Hinweis auf die Beerdigung des Mannes in Pontresina sollte sie veranlassen, sich bei den Behörden nach dem Namen des Toten zu erkundigen. Er war überzeugt, daß dieser Brief geöffnet und fotokopiert würde. Womöglich würde er gar nicht abgeschickt werden. Um das zu verhindern, hatte er die Bemerkung über den »Gotha« eingeflochten, der bisher noch nicht erwähnt worden war. Das würde bestimmt Blofelds Interesse erwecken.
Er läutete, übergab den Brief zur Beförderung und ging wieder an die Arbeit. Zunächst schnitt er im Badezimmer zwei fünf Zentimeter lange Stücke von dem Plastikstreifen ab. Dann verfertigte er aus dem restlichen, etwa vierzig Zentimeter langen Streifen eine Art Lineal, um seine Lüge glaubhaft zu machen. Schließlich kehrte er zum Schreibtisch und zu den nächsten hundert Jahren der Bleuvilles zurück.
Als gegen fünf Uhr die Dämmerung hereinbrach, schaltete er das Licht ein und warf noch einen letzten Blick aus dem Fenster. Die Veranda war völlig leer, die Kissen für die Liegestühle waren weggeräumt. Von der Station hörte er noch das Summen der Drahtseilbahn. Er schloß gerade das Doppelfenster, als zaghaft an die Tür geklopft wurde.
Leise sagte er: »Herein.«
Ruby schlüpfte herein, legte einen Finger auf die Lippen und deutete aufs Bad. Neugierig folgte er ihr, machte die Tür hinter sich zu und drehte das Licht an. Sie war hochrot und flüsterte: »Bitte verzeihen Sie, Sir Hilary. Aber ich muß Sie unbedingt sprechen.«

»Sehr gern, Ruby. Warum ausgerechnet im Badezimmer?«
»Natürlich, das können Sie nicht wissen. Es soll zwar ein Geheimnis bleiben, aber Ihnen kann ich es ja sagen. Sie werden mich doch nicht verraten?«
»Nein, auf keinen Fall.«
»Also — alle Zimmer haben Mikrophone. Keine Ahnung, wo, aber wenn wir irgendwo zusammengesessen und ein bißchen geschwatzt haben, wußte Miss Bunt sofort Bescheid. Wir glauben, die haben hier auch so eine Art Fernsehen.« Sie kicherte. »Deshalb ziehen wir uns immer im Bad aus. Wahrscheinlich hat das was mit der Behandlung zu tun.«
»Wahrscheinlich.«
»Sir Hilary, was Sie heute beim Essen gesagt haben ... ich meine, daß Miss Bunt vielleicht eine Herzogin ist ... Wäre das wirklich denkbar?«
»Ja«, antwortete er freundlich.
»Ich war so enttäuscht, daß ich Ihnen meinen Familiennamen nicht sagen durfte. Ich ... ich heiße nämlich Windsor!«
»Wie interessant!«
»Nicht wahr? Daheim war immer die Rede davon, daß wir weitläufig mit der königlichen Familie verwandt sind.«
Bond tat nachdenklich. »Das würde ich gern näher untersuchen. Wie sind die Namen Ihrer Eltern?«
»George Albert Windsor und Mary Potts.«
»Albert ist natürlich bedeutsam. Sie wissen doch, daß der Prinzgemahl der Königin Victoria Albert hieß?«
»Mein Gott, ja!« Sie preßte die Hand auf den Mund.
»Aber die Nachforschung erfordert viel Arbeit. Wo sind Sie geboren?«
»In Lancashire. In Morecambe Bay, wo die Krabben herkommen. Aber wir haben auch viel Hühner.«
»Darum essen Sie Hühner so gern?«
»O nein, ganz im Gegenteil! Ich war allergisch dagegen — die Federn, das Gackern und Picken, der Gestank! Ich ekelte mich vor ihnen. Wenn ich welche aß, bekam ich sofort einen Ausschlag. Natürlich waren meine Eltern böse auf mich. Sie haben eine große Hühnerfarm, und ich sollte die Brutkästen reinigen. Dann sah ich eines Tages eine Anzeige in unserer Fachzeitung. Darin wurde versprochen, die Allergie gegen Hühner durch eine Kur in einem schweizerischen Forschungsinstitut zu heilen. Alles kostenlos und zehn Pfund Taschengeld in der Woche!«

»Aha«, sagte er.
»Ich habe mich gemeldet, meine Fahrkarte nach London wurde bezahlt. Dort hat mich Miss Bunt einer Art Examen unterzogen.« Sie kicherte. »Der Himmel weiß, wie ich es bestanden habe, ich bin zweimal bei der Reifeprüfung durchgefallen. Aber sie fand mich für das Institut geeignet, und vor zwei Monaten kam ich her. Es ist nicht schlimm, sie sind nur sehr streng. Der Graf hat mich völlig geheilt. Jetzt schwärme ich für Hühner!« Ihre Augen strahlten plötzlich. »Ich glaube, sie sind die schönsten, herrlichsten Vögel der Welt.«
»Das ist ja ein toller Erfolg«, meinte Bond, der nun völlig im dunkeln tappte. »Wegen Ihres Namens gehe ich gleich an die Arbeit. Aber wo könnten wir uns ungestört darüber unterhalten? Die einzige Möglichkeit wäre mein oder Ihr Zimmer.«
»Sie meinen *nachts?*«
»Ja, anders geht es nicht.« Er küßte sie auf den Mund. »Sie wissen genau, daß ich Sie zauberhaft finde.«
»Sir Hilary!«
Sie wich jedoch nicht zurück, sondern stand wie eine große Puppe da, passiv, ein wenig berechnend. »Wie wollen Sie denn hier rauskommen? Ein Wächter kontrolliert nachts den Korridor. Allerdings«, sie lächelte verschmitzt, »wohne ich nebenan in Nummer drei.«
Er zog einen der Plastikstreifen heraus und zeigte ihn ihr. »Ich wußte, daß Sie in meiner Nähe sind. Instinkt vermutlich. Ich habe einiges bei der Armee gelernt. Wenn man diesen Streifen in ein Türschloß einführt, kann man den Schnappriegel zurückschieben. Nehmen Sie den, ich habe noch einen. Aber verstecken Sie ihn gut, und versprechen Sie mir, keinem Menschen etwas davon zu sagen.«
»Sie sind mir ja einer! Natürlich verrate ich nichts. Glauben Sie, daß wirklich Aussicht besteht ... wegen der Windsors, meine ich?« Sie schlang die Arme um seinen Hals, ihre großen blauen Augen blickten ihn flehend an.
»Rechnen Sie nicht zu fest damit«, erwiderte er. »Ich werde jedenfalls sofort nachschlagen. Bis zum Cocktail ist zwar nicht mehr viel Zeit, aber ich tue mein möglichstes.« Er gab ihr noch einen langen Kuß, den sie leidenschaftlich erwiderte. »Bis gleich, mein Kind.« Er tätschelte ihr das Hinterteil. »Wir müssen jetzt sehen, wie wir dich hier rauskriegen.«
Sein Schlafzimmer war dunkel. Sie horchten an der Tür wie zwei Kinder, die Versteck spielen. Im Haus herrschte tiefe

Stille. Er öffnete die Tür einen Spalt breit, gab Ruby noch einen Klaps, und weg war sie.
Bond wartete einen Augenblick. Dann machte er Licht, ging zum Tisch und nahm das Lexikon für britische Familiennamen vor.
Windsor, Windsor, Windsor. Hier!
Um sechs Uhr hatte er stechende Kopfschmerzen, teils durch das stundenlange Lesen in dem kleingedruckten Nachschlagewerk, teils durch die ungewohnte dünne Luft. Er brauchte einen Drink, nein, drei. Rasch duschte er, machte sich zurecht, läutete seinem »Wärter« und ging in die Bar. Violet hockte allein an der Theke und trank einen Flip. Er setzte sich zu ihr, bestellte ihr noch einen Drink und für sich einen doppelten Bourbon. Nach einem herzhaften Schluck sagte er: »Das hatte ich nötig. Ich habe den ganzen Tag wie ein Sklave gearbeitet, während ihr fröhlich in der Sonne Ski gelaufen seid.«
»Meinen Sie!« Ein leichter irischer Akzent schwang in dem empörten Ausruf mit. »Zwei theoretische Lektionen am Morgen, dazu schrecklich langweilige, und dann habe ich fast den ganzen Nachmittag gebüffelt, weil ich nachholen muß.«
»Was lernen Sie denn?«
»Ach, so landwirtschaftlichen Kram.« Sie betrachtete ihn mißtrauisch. »Wir dürfen über unsere Behandlung nicht sprechen, wissen Sie.«
Er erwiderte vergnügt: »Na, dann reden wir eben von etwas anderem. Woher kommen Sie?«
»Aus Südirland, in der Nähe von Shannon.«
Bond ließ einen Versuchsballon los. »Aus dem Kartoffelland?«
»Richtig. Ich konnte Kartoffeln nicht ausstehen. Und jetzt habe ich direkt Sehnsucht danach. Ist das nicht komisch?«
»Ihre Eltern werden sich freuen.«
»Bestimmt, und mein Freund erst! Er arbeitet im Kartoffelgroßhandel. Ich hatte ihm erklärt, ich würde keinen Mann heiraten, der mit diesen verdammten, dreckigen, häßlichen Dingern zu tun hat. Der wird staunen ...«
»Und wie kam das?«
»Ich habe gelernt, wie man die Qualität verbessern kann. Durch die neuesten wissenschaftlichen Erkenntnisse, Chemikalien und so weiter.« Sie schlug sich auf den Mund und schaute sich um. Sie lächelte nichtssagend, als jemand auf die Bar zusteuerte, und fuhr fort: »Und wenn ich mir auch noch soviel Mühe gebe, ich kann das Gleichgewicht nicht halten.«

»Ich verstehe leider nichts vom Skilaufen«, erwiderte er laut. Irma Bunts Gesicht tauchte im Spiegel hinter der Bar auf.
»Oh, Sir Hilary!« Sie musterte ihn. »Sie haben ja schon etwas Sonnenbrand. Kommen Sie, wir setzen uns drüben hin. Die arme Miss Ruby ist ganz allein.«
Sie folgten ihr. Bond amüsierte es, wie die Mädchen innerlich gegen die strengen Vorschriften ihrer Aufsichtsdame rebellierten. Er mußte aufpassen. Es wäre nicht gut, sie zu sehr auf seine Seite zu ziehen, so nützlich es auch sein mochte. Aber er wollte versuchen, ihre Familiennamen und Adressen herauszubekommen. Ruby sollte ihm dabei helfen. Er setzte sich neben sie und berührte wie zufällig ihre Schulter.
Weitere Drinks wurden bestellt. Der Bourbon begann zu wirken, die Kopfschmerzen hatten nachgelassen, und er fragte vergnügt: »Wie wäre es mit dem Spiel?«
Alle stimmten begeistert zu. Ein Glas und eine Papierserviette wurden gebracht, und die anderen Mädchen gesellten sich zu ihnen. Bond verteilte Zigaretten, sie pafften eifrig, und selbst Irma Bunt lachte mit, als das Papier immer mehr durchlöchert wurde. »Vorsichtig, Elizabeth! Oh, jetzt ist es passiert!«
Bond schlug vor, daß die Mädchen nun allein ein Spiel machen sollten, und wandte sich an Fräulein Bunt. »Übrigens möchte ich, wenn ich Zeit dazu finde, einmal mit der Seilbahn ins Tal fahren. Wie ich höre, liegt St. Moritz auf der anderen Seite. Ich würde es gern kennenlernen.«
»Leider, Sir Hilary, verstößt das gegen die Hausordnung. Die Patienten und das Personal dürfen die Seilbahn nicht benutzen. Nur die Touristen. Wir bleiben hier ganz unter uns und müssen uns fast klösterlichen Regeln unterwerfen. Da können wir in Ruhe unsere Forschungen betreiben.«
»Das verstehe ich«, sagte er freundlich lächelnd. »Aber ich betrachte mich nicht gerade als Patienten. Könnte nicht in meinem Fall eine Ausnahme gemacht werden?«
»Ich glaube, das wäre ein Fehler, Sir Hilary. Und außerdem brauchen Sie doch Ihre Zeit für Ihre Arbeit. Nein«, das war ein Befehl, »so leid es mir tut, Ihr Wunsch kann nicht erfüllt werden.« Sie schaute auf ihre Uhr und klatschte in die Hände. »Und jetzt ist es Zeit zum Abendessen. Kommt!«
Bond hatte nur einen Versuchsballon gestartet, um festzustellen, in welche Form sie die Ablehnung kleiden würde. Als er ihr in den Speisesaal folgte, mußte er sich sehr zusammennehmen, um ihr keinen Tritt zu versetzen.

13

Es war elf Uhr, und es herrschte Grabesstille. Im Bereich des Fernseh-Auges an der Decke entkleidete sich Bond, ging ins Badezimmer, legte sich ins Bett und drehte das Licht aus. Nach zehn Minuten stand er leise auf, streifte Hemd und Hose über, schob den Plastikstreifen in die Türritze neben dem Schnappriegel und drückte leicht dagegen. Das Schloß sprang auf. Er spähte vorsichtig hinaus. Der Gang war leer. Geräuschlos zog er die Tür hinter sich zu, schlich auf Zehenspitzen zu Nummer drei und klinkte auf. Drinnen war es dunkel, vom Bett kam ein Flüstern.

»Sind Sie es?«

»Ja, mein Liebling.« Er schlüpfte aus den Kleidern und trat zum Bett.

Sie berührte ihn. »Sie haben ja nichts an.«

Er ergriff die Hand. »Du doch auch nicht, oder?«

Vorsichtig legte er sich neben sie und stellte erfreut fest, daß sie ihm Platz gemacht hatte. Er küßte sie erst zart, dann fordernd. Sie erzitterte. Ihr Mund erschloß sich ihm. Und als seine linke Hand die Geheimnisse dieses warmen, weichen Körpers zu erkunden begann, schlang sie die Arme um ihn. »Ich werde mich erkälten.« Bond zog das Laken über sie beide. Jetzt gehörte sie ganz ihm. Er preßte sie an sich, streichelte mit der Linken über den schlanken Leib. Die samtene Haut schien Funken zu sprühen. Sie stöhnte leise auf, hielt seine Hand fest und flüsterte: »Hast du mich ein bißchen lieb?«

Die Standardfrage! »Du bist das zauberhafteste schönste Mädchen der Welt. Ich wünschte, ich hätte dich eher kennengelernt.«

Die Standardantwort genügte ihr offenbar – sie zog ihre Hand zurück.

Ihr Haar duftete nach frischem Heu, ihr Mund nach Pepsodent und ihr Körper nach Babypuder. Sie empfanden wirklich Freude aneinander, und als sie hinterher in seinen Armen lag, wußten sie beide, daß es so gut und richtig gewesen war. Bond fühlte sich bei Ruby ausgesprochen wohl und beschloß, erst in den frühen Morgenstunden in sein Zimmer zurückzuschleichen. Behutsam zog er den rechten Arm weg und sah auf seine Uhr. Die Leuchtzeiger standen genau auf Mitternacht. Er drehte sich faul auf die andere Seite und wollte gerade einschlafen, als von irgendwoher unter dem Fußboden das leise, melodische Klingeln einer elektrischen Glocke ertönte.

»Verdammt noch mal!« murmelte Ruby.

»Was ist denn?«

»Ach, das gehört zur Behandlung. Ist jetzt Mitternacht?«

»Ja.«

»Das ist für mich. Schlaf ruhig weiter.«

Das Klingeln wurde abgelöst durch ein leises Surren wie von einem Ventilator und durch das Ticken eines Metronoms, eine wunderbar beruhigende Kombination. Und jetzt erklang eine Stimme, die Stimme des Grafen, vermutlich ebenfalls auf Tonband. Ein tiefes, singsangähnliches Gemurmel, einschmeichelnd, aber gebieterisch: »Du wirst jetzt schlafen. Du bist müde, und deine Glieder sind schwer!« Beim letzten Wort jedes Satzes senkte sich die Stimme. »Deine Arme sind schwer wie Blei, dein Atem ist ganz regelmäßig wie der eines Kindes! Deine Augen sind geschlossen, und die Lider sind schwer wie Blei. Du wirst müder und müder. Dein ganzer Körper wird müde und schwer wie Blei. Dir ist warm und wohl. Du sinkst, sinkst, sinkst in den Schlaf. Dein Bett ist weich und flaumig wie ein Nest. Du bist weich und schläfrig wie ein Küken im Nest.« Ein leises sanftes Gluckern ertönte, danach Flügelschlagen und das lockende Glucksen einer Henne. Dann wieder die Stimme: »Die kleinen Lieblinge schlafen jetzt ein. Sie sind wie du, sie fühlen sich wohl und schläfrig in ihrem Nest. Du liebst sie sehr, sehr, sehr. Du liebst alle Hühner. Sie alle sind deine Lieblinge, du möchtest, daß sie schön und stark werden. Du möchtest, daß ihnen kein Leid geschieht. Bald wirst du wieder zu deinen lieben Hühnern zurückkehren. Bald wirst du wieder für sie sorgen und sie pflegen können. Bald wirst du imstande sein, die Hühnerzucht in ganz England zu verbessern. Du wirst viel Gutes tun, und das wird dich sehr, sehr glücklich machen. Aber du wirst darüber schweigen. Du wirst nichts von unseren Methoden erzählen. Das wird dein Geheimnis bleiben, dein strenggehütetes Geheimnis. Man wird versuchen, dir dein Geheimnis zu entreißen, aber dann wärst du nicht imstande, deine lieben Hühner glücklich und gesund und stark zu machen. Tausende, Millionen von Hühnern werden glücklicher durch dich werden. Darum wirst du nichts sagen, nichts, nichts! Du wirst an das denken, was ich sage! Du wirst an das denken, was ich sage!« Die murmelnde Stimme entfernte sich immer mehr und wurde überdeckt vom

Glucksen der Hühner. Schließlich waren nur noch das Surren des Ventilators und das Ticken des Metronoms zu hören.
Ruby schlief fest. Bond fühlte ihren Puls. Er schlug schwer im Takt des Metronoms. Bond wollte allein sein und nachdenken. Er schlüpfte aus dem Bett, zog Hemd und Hose an. Ohne Schwierigkeiten wurde er mit dem Schloß fertig. Keine Bewegung, kein Laut auf dem Gang. Er schlich in sein Zimmer, ging ins Bad, zog die Tür hinter sich zu, drehte das Licht an, setzte sich auf den Rand der Wanne und vergrub den Kopf in den Händen.
Tiefenhypnose! Das war es! Der sich wiederholende Singsang drang beim Einschlafen an die Bewußtseinsschwelle und würde die Nacht über in Rubys Unterbewußtsein weiterwirken. Aber was, zum Teufel, sollte das Geschwätz bedeuten? Offensichtlich war es doch völlig harmlos, ja sogar dankenswert. Sie war dadurch von ihrer Allergie geheilt worden und würde nun daheim mit Begeisterung und Hingabe auf der Hühnerfarm helfen. Hatte der alte Schurke sich etwa zum rührseligen Humanitätsapostel gemausert? Bond konnte das einfach nicht glauben. Wozu dann die umfangreichen Sicherheitsmaßnahmen? Wozu das internationale »Personal«, das direkt nach SPECTRE stank? Und was war mit dem Mord auf der Bobbahn? Doch ein Unfall? Aber so bald nach der Attacke des Mannes auf Sarah? Ausgeschlossen! Irgendeine Schurkerei mußte hinter dieser penetrant unschuldigen, menschheitsbeglückenden Forschungsarbeit stecken. Aber was? Wie konnte er das ausfindig machen?
Als er um neun Uhr aufwachte und das Fenster öffnete, war der Himmel grau verhangen. Schnee lag in der Luft. Der Wind blies in scharfen, heftigen Stößen. Der Betrieb der Seilbahn war offenbar eingestellt worden.
Er schloß das Fenster und läutete nach dem Frühstück. Auf dem Tablett lag ein Zettel von Irma Bunt. »Der Graf würde sich freuen, Sie um elf Uhr zu empfangen.«
Bond machte sich an die dritte Seite des Stammbaums der Bleuvilles; er konnte eine ganze Menge Arbeit vorweisen, diese Epoche war auch ziemlich leicht zu rekonstruieren. Die Aussicht, sich ebensoleicht bei der Blofeldschen Familie zurechtzufinden, war dagegen wesentlich geringer. Aber er würde einfach mit Gdingen anfangen und ihn dazu bringen, über seine Jugend und seine Eltern zu sprechen.
Der Graf erwartete ihn im Arbeitszimmer. »Guten Morgen, Sir

Hilary. Haben Sie gut geschlafen? Wir werden Schnee bekommen. Das ist günstig für die Arbeit, keine Ablenkung.«
Bond setzte sein »Von-Mann-zu-Mann-Lächeln« auf. »Ich finde die Mädchen sehr ablenkend, aber überaus charmant. Was fehlt ihnen eigentlich? Sie sehen alle kerngesund aus.«
»Sie leiden an Allergien, die mit der Landwirtschaft zusammenhängen. Sie stammen alle vom Lande, und ihr Leiden wirkt sich beruflich sehr störend aus. Ich habe eine Heilkur entwickelt und kann zu meiner Freude sagen, daß ich vielversprechende Erfolge erziele.« Das Telefon läutete. Er nahm den Hörer ab und lauschte, während Bond diskret in seinen Papieren blätterte. »Zdies de Bleuville ... Da ... Da ... Kharascho!« Er legte auf. »Entschuldigen Sie bitte. Es war einer meiner Mitarbeiter. Er hat Material für die Laboratorien gekauft. Die Seilbahn ist zwar wegen des aufkommenden Sturmes außer Betrieb, aber sie machen eine Extrafahrt für ihn. Hoffentlich wird er nicht seekrank dabei, der Arme. Und jetzt, mein lieber Sir Hilary, wollen wir an die Arbeit gehen.«
Bond breitete seine großen Blätter auf dem Schreibtisch aus und zeigte stolz auf die Ahnenreihen. Die Kommentare und Fragen des Grafen verrieten Erregung und Befriedigung. »Das ist ja fabelhaft, wirklich fabelhaft, mein Lieber! Und Sie sagen, im Wappen ist eine geborstene Lanze oder ein abgebrochenes Schwert? Wann wurde das verliehen?«
Bond leierte eine lange Geschichte über die Eroberungszüge der Normannen herunter. Das abgebrochene Schwert im Wappen sei wahrscheinlich für eine gewonnene Schlacht verliehen worden. Man müsse da in London noch eingehend nachforschen. Schließlich rollte er die Blätter zusammen und zückte sein Notizbuch. »Und jetzt müssen wir am anderen Ende beginnen, Graf.« Er wurde inquisitorisch, ganz Beamter. »Sie wurden am 28. Mai 1908 in Gdingen geboren?«
»Richtig.«
»Die Namen Ihrer Eltern?«
»Ernst Georg Blofeld und Maria Stavro Michelopoulos.«
»Auch in Gdingen geboren?«
»Ja.«
»Und Ihre Großeltern?«
»Ernst Stefan Blofeld und Elisabeth Lubomirskaja.«
»Anscheinend wird in Ihrer Familie der älteste Sohn immer Ernst getauft?«
»Offenbar. Mein Urgroßvater hieß auch so.«

»Das ist wesentlich. Unter den Blofelds in Augsburg gab es auch zwei namens Ernst.«
»Ist das wichtig?« fragte der Graf. Seine Hände zitterten.
Dich hat es aber schlimm gepackt, dachte Bond, und antwortete: »Sehr. In großen Familien ziehen sich die gleichen Vornamen durch Generationen hin. Für uns ist das höchst aufschlußreich. Können Sie sich noch weiter zurückerinnern? Drei Generationen kennen wir ja bereits. Nach den Daten frage ich Sie später, wir sind jetzt schon bis 1850 zurückgegangen. Nur noch weitere fünfzig Jahre, und wir sind in Augsburg angelangt.«
»Nein.« Es war fast ein Schmerzensschrei. »Von meinem Urgroßvater weiß ich nichts.« Nervös bewegten sich die Hände. »Sollte es eine Geldfrage sein – Zeugen ließen sich finden. Mein lieber Sir Hilary, wir beide sind doch Männer von Welt, wir verstehen uns ... Auszüge aus Archiven, aus Standesämtern, aus Kirchenbüchern ... müssen die denn absolut authentisch sein?«
Jetzt habe ich dich, du alter Fuchs. Liebenswürdig und mit dem Unterton des Komplicen erwiderte Bond: »Ich begreife nicht ganz, worauf Sie hinauswollen, Graf.«
»Sie sind ein schwerarbeitender Mann, Sir Hilary. Sie leben bescheiden und zurückgezogen. Vielleicht haben Sie irgendwelche Wünsche – Autos, eine Jacht, eine Rente. Sie brauchen es nur zu sagen, nur die Summe zu nennen.« Die dunkelgrünen Augenhöhlen suchten Bonds Blick festzuhalten. »Ein Besuch hier, ein anderer dort, in Polen, in Deutschland, in Frankreich, weiter nichts. Selbstverständlich wären damit erhebliche Spesen verbunden. Sagen wir fünfhundert Pfund die Woche. Die technischen Dinge, Dokumente und so weiter, das kann ich arrangieren. Ich brauche nur Ihre Unterstützung, Ihre Beglaubigung. Verstehen Sie? Für das Justizministerium in Paris ist das Wort des Heraldischen Amtes sakrosankt. Das stimmt doch?«
Es war zu schön, um wahr zu sein. Aber wie sollte das Spiel weitergehen? Schüchtern fragte Bond: »Was Sie da vorschlagen, Graf, ist ... äh ... nicht uninteressant. Natürlich ... wenn die Dokumente überzeugend sind, sozusagen hieb- und stichfest, dann könnte ich sie mit gutem Gewissen beglaubigen ... Sie verstehen, was ich meine?«
Der Graf begann eifrig: »Sie brauchen sich absolut keine ...«
Da wurde es draußen plötzlich laut. Die Tür wurde aufgeris-

sen und ein Mann hereingestoßen. Er stolperte und stürzte. Zwei Wächter folgten und standen stramm. Sie sahen zuerst den Grafen an und dann Bond.
Der Graf fragte scharf: »Was ist hier los?«
Bond wußte die Antwort – er schwebte in Lebensgefahr. Das mit Schnee und Blut verschmierte Gesicht des am Boden Liegenden war ihm bekannt. Es gehörte einem seiner Kameraden vom Secret Service. Das war unzweifelhaft Nummer 2 von der Station Z in Zürich!

14

Ja, es war Shaun Campbell. Großer Gott, in was für einer Klemme saß er jetzt! Man hatte Station Z Bonds Mission bewußt verschwiegen. Campbell mußte von sich aus eine Spur verfolgt haben. Wahrscheinlich war er diesem Mann, der »Material eingekauft« hatte, nachgegangen. Ein typisches Beispiel dafür, in welche Schwierigkeiten einen übertriebene Sicherheitsmaßnahmen bringen können!
Einer der Wächter berichtete in raschem, fehlerhaftem Deutsch mit slawischem Akzent. »Er wurde in dem offenen Skiabstellraum der Seilbahnkabine gefunden. Er war ziemlich erfroren, hat aber noch heftigen Widerstand geleistet. Wir mußten ihn etwas unsanft anfassen. Ohne Zweifel ist er Hauptmann Boris gefolgt.« Er verbesserte sich sofort: »Ich meine, Ihrem Gast aus dem Tal, Herr Graf. Er behauptet, ein englischer Tourist aus Zürich zu sein und kein Fahrgeld für die Seilbahn zu haben. Er hätte aber gern einen Ausflug hier herauf machen wollen. Wir haben ihn durchsucht. Er hat fünfhundert Franken bei sich. Keine Ausweispapiere. Er sagt, er heißt Campbell.«
Sowie der Mann auf dem Boden seinen Namen hörte, hob er den Kopf und blickte verstört um sich. Er war übel zugerichtet. Als er Bond sah, riß er erstaunt die Augen auf und rief erleichtert: »Gott sei Dank, James! Sag ihnen, wer ich bin. Sag ihnen, daß ich bei der *Universal Export* in Zürich arbeite. Du weißt es doch. Sag ihnen, daß mit mir alles in Ordnung ist.« Dann fiel er wieder zurück auf den Teppich.
Der Graf wandte sich langsam Bond zu. Er lächelte starr. »Sie kennen diesen Mann, Sir Hilary?«
Bond schüttelte bekümmert den Kopf. Er wußte, daß er damit

das Todesurteil über Campbell fällte. »Noch nie in meinem Leben gesehen. Der arme Kerl scheint nicht ganz richtig zu sein. Vermutlich Gehirnerschütterung. Man sollte ihn möglichst rasch in ein Krankenhaus schaffen. Er wirkt reichlich ramponiert.«

»*Universal Export?* Den Namen habe ich doch schon mal gehört.«

»Ich nicht«, erwiderte Bond gleichgültig. Er nahm sich eine Zigarette und zündete sie mit völlig ruhiger Hand an.

Der Graf sagte leise zu den Wächtern: »Zur Befragungszelle.« Sie schleppten Campbell an den Armen hinaus. Er hob den herunterhängenden Kopf und warf Bond einen letzten flehenden Blick zu.

Die Befragungszelle! Das konnte bei den modernen Methoden nur ein volles Geständnis bedeuten! Wie lange würde Campbell durchhalten? Wie viele Stunden blieben Bond?

»Ich habe angeordnet, ihn einstweilen in das Krankenzimmer zu bringen. Man wird ihn dort pflegen.« Der Graf schaute von den Stammbaumblättern zu Bond. »Leider hat dieser peinliche Zwischenfall unser Gespräch unterbrochen, Sir Hilary. Ich darf Sie bitten, mich für heute zu entschuldigen.«

»Selbstverständlich. Und was Ihren Vorschlag hinsichtlich einer engeren Zusammenarbeit zur Klärung Ihrer Ansprüche betrifft, so kann ich Ihnen versichern, daß ich ihn höchst interessant finde, Graf.« Er lächelte verständnisinnig. »Bestimmt werden wir zu einer befriedigenden Einigung kommen.«

»Das wäre gut.« Der Graf verschränkte die Hände im Nacken und starrte zur Decke. Dann wandte er sich wieder Bond zu und fragte beiläufig: »Sie stehen nicht zufällig irgendwie mit dem britischen Secret Service in Verbindung, Sir Hilary?«

Bond lachte schallend. »Um Himmels willen, nein! Ich wußte nicht einmal, daß wir noch einen haben. Ich habe immer geglaubt, daß er bei Kriegsende aufgelöst wurde.« Er kicherte. »Mit einem falschen Schnurrbart rumzulaufen, das liegt mir nicht. Ich hab was gegen Schnurrbärte.«

Trotz seines starren Lächelns schien der Graf Bonds Amüsement nicht zu teilen und entgegnete kalt: »Dann verzeihen Sie bitte meine Frage, Sir Hilary. Das Eindringen dieses Mannes hat mich mißtrauisch gemacht. Ich lege Wert darauf, ungestört zu arbeiten, Sir Hilary. Für wissenschaftliche Forschungen braucht man absolute Ruhe.«

»Da kann ich Ihnen nur beipflichten.« Bond stand auf und packte seine Papiere zusammen. »Auch ich muß mich wieder an meine Arbeit machen. Ich bin gerade beim vierzehnten Jahrhundert angelangt. Morgen werde ich Ihnen interessantes Material vorlegen können, Graf.«

Im Gang herrschte völlige Stille, kein Mensch war zu sehen. Aber durch den Spalt einer angelehnten Tür schimmerte der Schein einer roten Lampe. Bond dachte, daß nun ja sowieso alles gleich sei, stieß die Tür auf und sah in den Raum: ein langes Laboratorium mit niedriger Decke. Dunkelrote Birnen verbreiteten ein schwaches Licht. Auf der einen Seite stand ein Arbeitstisch mit Retorten, Phiolen und zahlreichen Reagenzgläsern mit einer trüben, flockigen Flüssigkeit. Drei Männer in weißen Kitteln und Gesichtsmasken waren ganz in ihre Arbeit vertieft. Bond verschwand schleunigst. Draußen geriet er in einen Schneesturm. Er zog die Kapuze der Windjacke über den Kopf und kämpfte sich zurück in die angenehme Wärme des Klubhauses, eilte in sein Zimmer und machte die Tür hinter sich zu. Er ging ins Bad, setzte sich und überlegte, was er nun tun sollte.

Er hätte einen verzweifelten Vorstoß machen können, Campbell zu retten. »O ja, ich kenne den Mann. Er ist absolut zuverlässig. Wir haben beide bei *Universal Export* in London gearbeitet. Was ist denn mit dir passiert, alter Junge?« Doch das wäre sinnlos gewesen. Die *Universal Export* war zu lange als Deckname benutzt worden. Sämtliche Geheimdienste der Welt kannten sie. Jedenfalls wußte Blofeld offensichtlich über sie Bescheid. Ein Versuch, Campbell zu helfen, hätte nur ihn selbst mit hineingerissen. Es war ihm nichts anderes übriggeblieben, als ihn den Wölfen zum Fraß vorzuwerfen. Sollte Campbell noch einen klaren Gedanken fassen können, bevor sie ihn durch die Mühle drehten, würde er sofort begreifen, daß Bond einen bestimmten Auftrag hatte und es für ihn und den Secret Service ungeheuer wichtig war, Campbell zu verleugnen. Doch wie lange würde Campbell ihn decken können? Höchstens ein paar Stunden. Wie viele? Das war die lebenswichtige Frage. Und wie lange würde der Sturm anhalten? In seiner Kleidung konnte er bei diesem Wetter nicht fliehen. Wenn es aufhörte, hatte er eine winzige Chance, zu entkommen. Sprach aber Campbell vorher, gab es nur eines — den Tod.

Er hatte nichts als seine Hände und Füße und seine Uhr, eine

massive Rolex-Automatic mit elastischem Metallarmband; er könnte sie als Schlagring benutzen.
War irgendwelches Beweismaterial da, das er mitnehmen könnte? Die Namen der Mädchen und ihre Adressen! Ruby mußte sie ihm mitteilen. Er kehrte an den Schreibtisch zurück und nahm sich den Bleuville-Stammbaum vor. Zumindest das Auge an der Decke sollte an seinen guten Willen glauben.
Gegen halb eins hörte er, wie sich seine Türklinke leise bewegte. Ruby schlich, den Finger auf den Lippen, herein und verschwand sofort im Badezimmer. Er legte betont gleichgültig den Federhalter hin, stand auf, reckte sich und folgte ihr.
»Es ist etwas gegen dich im Gang. Was hast du getan?« tuschelte sie ängstlich.
»Wieso?« fragte er unschuldig.
»Wir dürfen nur noch in Gegenwart von Miss Bunt mit dir sprechen.« Sie preßte ihre geballte Faust gegen den Mund. »Ob sie was über *uns* wissen?«
»Ausgeschlossen, mein Süßes. Aber ich kann mir denken, was los ist. Der Graf hat mir heute morgen gesagt, daß ich die Behandlung störe. Ich soll mich mehr zurückhalten. Das ist natürlich schade. Ganz abgesehen von dir, finde ich auch die anderen Mädchen sehr nett, und ich würde allen gern helfen.«
»Wie meinst du das, uns helfen?«
»Na ja, die Sache mit den Familiennamen. Ich sprach gestern abend mit Violet darüber, sie war mächtig interessiert. Bestimmt würde es auch den andern Spaß machen. Jeder interessiert sich dafür, woher er stammt. Das ist ein bißchen wie Handlesen.« Er zuckte die Achseln. »Ich habe mich jedenfalls entschlossen, wegzugehen. Ich kann es nicht ertragen, mich herumkommandieren zu lassen. Wenn du mir die Namen der anderen Mädchen geben kannst, werde ich für jede eine Art Stammbaum machen und ihn ihnen zuschicken. Wie lange bleibt ihr eigentlich noch hier?«
»Noch ungefähr eine Woche heißt es. Dann soll eine neue Gruppe kommen. Miss Bunt sagt, hoffentlich sind die nächsten nicht so dumm wie wir. Wie willst du denn weg von hier? Wir sind doch praktisch Gefangene.«
»Das werde ich schon schaffen«, erwiderte er leichthin. »Sie können mich nicht gegen meinen Willen zurückhalten. Was ist mit den Namen, Ruby? Glaubst du nicht, daß es den Mädchen Spaß machen würde?«
»Die wären begeistert. Hast du was zum Schreiben da?«

Er riß ein Stück Toilettenpapier ab und zog den Kugelschreiber aus der Tasche.
»Schieß los.«
Sie lachte. »Also mich und Violet kennst du ja. Dann Elizabeth Mackinnon, sie ist aus Aberdeen. Beryl Morgan, die kommt irgendwo aus Herefordshire. Pearl Tampion aus Devonshire – übrigens, die drei haben Rindfleisch verabscheut und leben jetzt nur von Steaks. Kaum zu glauben! Der Graf ist wirklich ein fabelhafter Mensch.«
»Allerdings.«
Als Bond alle zehn beieinander hatte, fragte er: »Und diese Polly, die schon im November abgereist ist? Wie ist ihr Familienname, und woher stammt sie?«
»Polly Tasker. Aus East Anglia. Ich weiß nicht genau, aus welcher Gegend, aber in England werde ich ihre Adresse ausfindig machen. Hilary ...«, sie umarmte ihn, »... ich werde dich doch wiedersehen, nicht wahr?«
Er drückte sie an sich und küßte sie. »Bestimmt, mein Süßes. Du kannst mich immer im Heraldischen Amt in der Queen Victoria Street erreichen. Schick mir eine Postkarte, wenn du zurück bist.«
»Ganz bestimmt«, sagte sie eifrig. »Und du bist vorsichtig, ja? Kann ich dir irgendwie helfen?«
»Nein, mein Schatz. Behalte das nur alles hübsch für dich.«
»Natürlich, Liebling!« Sie schaute auf ihre Uhr. »Mein Gott! Es ist höchste Zeit, in zehn Minuten wird gegessen. Laß mich raus. Jetzt wird niemand im Gang sein. Zwischen zwölf und eins haben die Tischzeit.«
Wieder allein, stieß er einen tiefen Seufzer aus und starrte hinaus in das Schneetreiben. Wenn es doch bis abends aufhören würde! Was brauchte er alles? Schneebrille und Fausthandschuhe könnte er sich während des Mittagessens beschaffen. Er ging wieder ins Bad und rieb sich Seife in die blaugrauen Augen. Nach dieser Prozedur brannten sie höllisch, tränten aber, wie beabsichtigt. Befriedigt klingelte er seinem »Wärter« und schlenderte nachdenklich in den Speisesaal.
Es wurde still, als er durch die Schwingtür trat. Während er den Raum durchquerte, folgten ihm verstohlene Blicke. Sein Gruß wurde kaum erwidert. Gespielt unbefangen nahm er seinen gewohnten Platz zwischen Ruby und Miss Bunt ein, winkte, die frostige Begrüßung ignorierend, den Kellner herbei und bestellte seinen doppelten Wodka Martini. Dann wandte

er sich lächelnd an Irma Bunt: »Dürfte ich Sie um einen Gefallen bitten?«
»Bitte, Sir Hilary. Worum handelt es sich?«
Er deutete auf seine tränenden Augen. »Ich habe mir eine Art Bindehautentzündung geholt. Wohl das gleiche wie der Graf. Kein Wunder bei dem grellen Licht. Heute ist es zwar besser, aber der Schnee blendet mich noch immer. Und dann die viele Schreibarbeit. Könnten Sie mir eine Schneebrille leihen? Ich brauche sie höchstens ein bis zwei Tage.«
»Ja, das ginge. Ich lasse sie in Ihr Zimmer legen.« Sie rief den Oberkellner und gab ihm den Auftrag.
»Und noch etwas, wenn ich bitten darf«, sagte er höflich. »Eine kleine Flasche Schnaps. Ich schlafe hier oben so schlecht, vielleicht würde ein Schlummertrunk helfen. Zu Hause nehme ich allerdings Whisky, aber hier ist mir ein richtiger Schnaps lieber.«
Sie musterte ihn eisig, sagte aber kurz zu dem Kellner: »In Ordnung.« Der Mann nahm Bonds Bestellung entgegen, klappte die Hacken zusammen und verschwand. Gehörte er zu denen, die Campbell im Befragungsraum bearbeiteten? Bond knirschte leise mit den Zähnen. Sollte ihm heute nacht einer von ihnen über den Weg laufen, hätte er nichts zu lachen. Er spürte Fräulein Bunts inquisitorischen Blick, kippte den Wodka auf einen Zug und bestellte noch einen. Er war nun in aggressiver Stimmung und fragte: »Wie geht es eigentlich dem armen Mann, der heute morgen mit der Seilbahn kam? Er sah ja furchtbar aus. Hoffentlich hat er sich erholt.«
»Er macht Fortschritte.«
»Wer war das?« erkundigte sich Ruby neugierig.
»Ein Eindringling. Aber das ist kein Gesprächsthema!«
»Warum nicht?« meinte Bond unschuldig. »Schließlich gibt es hier oben nicht viel Abwechslung.«
Sie erwiderte nichts. Bond widmete sich seinem Essen, das er hinauszögerte, bis Fräulein Bunt das Zeichen zum Aufbruch gab. Jetzt war er, abgesehen von den aufräumenden Kellnern, allein im Restaurant. Er stand auf und schlenderte zur Tür. Draußen hingen die Mäntel und Fausthandschuhe der Mädchen ordentlich nebeneinander. Der Gang war leer, die Empfangshalle ebenfalls. Er steckte das größte Paar Handschuhe in seine Windjacke. Die Tür zur Werkstatt stand offen. Der schweigsame Mann war an der Werkbank beschäftigt. Bond trat ein und begann eine einseitige Unterhaltung über

das Wetter. Dabei wanderte er umher, die Hände in den Taschen, und betrachtete die Skier an den Wänden. Fast lauter Damenskier – die Bindungen würden zu klein für ihn sein. Doch neben der Tür lehnten die Skier der Lehrer. Das Paar dort mit dem roten V auf den gebogenen Spitzen schien das beste zu sein. Er prägte sich den Standort ein.

15

Jetzt handelte es sich nur noch darum, die Stunden abzusitzen. Wann würden sie Campbell fertiggemacht haben? Schnelle, harte Folter ist bei einem Mann vom Fach selten wirksam. Der Profi kann das »Spiel« stundenlang hinausziehen, indem er unbedeutende Geständnisse macht und lange, weitschweifige Geschichten erzählt, die erst nachgeprüft werden müssen.
Blofeld hatte zweifellos seine Leute in Zürich und konnte die Angaben per Funk kontrollieren lassen. Doch das erforderte Zeit. Und wenn dann bewiesen war, daß Campbell gelogen hatte, mußten sie von vorn anfangen. Für Bond hing alles davon ab, ob er Campbell durch sein Verhalten klargemacht hatte, daß er in einer streng geheimen, wichtigen Sache hier war. Würde Campbell sich eine plausible Lüge ausdenken können, die Bond deckte? Hatte er Gift bei sich? Bond schob den Gedanken energisch beiseite. Um ein Haar hätte er sich gewünscht, daß es so wäre!
Auf jeden Fall mußte er damit rechnen, daß es für ihn nur noch eine Frage von Stunden war. Allerdings konnten sie erst kommen, wenn die Mädchen in ihren Zimmern waren, sonst würde es zuviel Gerede geben. Nein – sie würden ihn nachts holen und am nächsten Tag erzählen, er sei mit der ersten Kabine ins Tal gefahren. Unterdessen hätten sie seine Leiche längst in einer Gletscherspalte verschwinden lassen.
Er mußte jetzt alles genau planen. Es hatte aufgehört zu schneien. Man sah den blauen Himmel durch Wolkenfetzen. Auf der Gloria-Abfahrt würde herrlicher Pulverschnee liegen, mindestens dreißig Zentimeter.
Es gibt hundert Arten von Geheimtinten, aber nur eine stand Bond zur Verfügung, die älteste der Welt: sein eigener Urin. Er ging ins Bad (was mußte das Fernsehauge von seinem Verdauungssystem halten?) und schrieb auf eine leere Seite seines Passes die Namen der Mädchen und die Gegend, aus

der sie stammten. Man sah nichts. Über eine Flamme gehalten, würde die Schrift braun und deutlich zum Vorschein kommen. Er steckte den Paß in die Hüfttasche.
Das Abendessen verlief ebenso scheußlich wie das Mittagessen. Er bemühte sich, soviel Whisky und Nahrung wie möglich zu sich zu nehmen, machte höflich Konversation und gab vor, die eisige Atmosphäre nicht zu bemerken. Dann drückte er seinen Fuß noch einmal zärtlich an Rubys, entschuldigte sich mit Arbeit und verließ den Saal.
Er setzte sich an den Schreibtisch und bosselte weiter an dem Stammbaum der Bleuvilles. 21.30 ... 21.45 ... 22 Uhr! Er stand auf, reckte sich, ging ins Bad und tat, als bereite er sich für die Nacht vor. Dann schlich er nackt zurück, legte sich ins Bett und löschte das Licht. Er atmete ruhig und begann nach zehn Minuten leise zu schnarchen. Nach weiteren zehn Minuten schlüpfte er wieder heraus und zog mit unendlicher Vorsicht die Skikleidung an. Er schob die Schneebrille auf die Stirn, band ein rotes Taschentuch vor Mund und Nase, steckte Schnapsflasche und Paß ein und nahm die Uhr mit dem schweren Metallband wie einen Schlagring in die rechte Hand.
Nun war er bereit. Behutsam öffnete er mit dem Plastikstreifen die Tür und spähte auf den Gang. Aus der Empfangshalle drang ein Lichtschimmer; der Wächter saß dort, über eine Zeitung gebeugt. Mit schnellen Schritten schlich Bond heran und versetzte ihm einen wuchtigen Schlag in den Nacken. Der Kopf des Mannes schlug hart auf die Tischplatte, wurde zurückgeschleudert und drehte sich Bond zu. Bond landete einen rechten Schwinger in seinem Gesicht. Der Körper rutschte vom Stuhl auf den Teppich. Bond beugte sich über ihn ... Keine Herztöne mehr! Er richtete sich auf. Es war der Mann, den er am Morgen des Unfalls allein von der Bobbahn hatte zurückkommen sehen. Ausgleichende Gerechtigkeit!
Das Telefon läutete. Bond nahm den Hörer ab und fragte durch das Taschentuch: »Ja?«
»Alles in Ordnung?«
»Ja.«
»Wir holen den Engländer in zehn Minuten. Kapiert?«
»Ja.«
Schweiß stand auf Bonds Stirn. Was für ein Glück, daß er geantwortet hatte! In zehn Minuten! Auf dem Pult lag ein Schlüsselbund. Er eilte damit zur Haustür. Erst der vierte Schlüssel paßte. Dann holte er die ausgesuchten Skier. Die

Stöcke standen daneben. Er trug beides hinaus, schloß die Haustür von außen ab und warf den Schlüsselbund in den Schnee.

Kostbare Minuten gingen verloren, während Bond die Bindungen befestigte. Schließlich richtete er sich auf und streifte die Fausthandschuhe über die klammen Finger. Er nahm die Stöcke auf und stieß sich ab. Es ging ganz gut! Er zog die Schneebrille über die Augen und versuchte, mehr Fahrt zu bekommen, was in dem tiefen Pulverschnee mißlang. Er schnellte sich mit den Stöcken vorwärts, so rasch er konnte. Was für eine Spur mußte er hinterlassen – wie eine Straßenbahnschiene! Sobald sie die Haustür geöffnet hätten, wären sie ihm auf den Fersen. Endlich erreichte er den Start der Gloria-Abfahrt. In Schußfahrt raste er den ersten Steilhang hinunter. Schwung nach links! Da drüben waren die drei Flaggen. Ihre Farben konnte er im Mondschein nicht ausmachen.

Von der Karte her erinnerte er sich, daß die rote Piste im Zick-Zack-Kurs genau unter den Kabeln der Seilbahn verlief. Er würde sein Glück versuchen.

Während er die Schneebrille zurechtrückte, hörte er vom Gipfel einen lauten Knall. Eine Leuchtkugel schwebte langsam herunter, dann eine zweite und immer mehr. Der Hang war taghell! Gleichzeitig begannen die Kabel der Seilbahn über ihm zu summen! Sie schickten die Kabine hinter ihm her! Als nächstes würden sie ihm einen Mann mit einem Revolver nachhetzen!

Er nahm den zweiten Abhang vorsichtiger als den ersten. Wie schnell fuhr diese verdammte Kabine? Zwanzig, dreißig Kilometer? Er hörte, wie sie den ersten Mast passierte. Seine Knie schmerzten. War das links eine rote Flagge? Das Magnesiumlicht hing nun genau über ihm.

Rechts eine laute Detonation ... eine Schneefontäne schoß hoch. Links ein weiterer Einschlag ... Sie hatten einen Granatwerfer in der Kabine! War der nächste Schuß sein Ende? Im gleichen Augenblick explodierte eine Granate direkt vor ihm und schleuderte ihn zu Boden.

Taumelnd kam Bond wieder auf die Beine. Er keuchte und spuckte Schnee. Eine Bindung war aufgegangen. Mit zitternden Fingern befestigte er sie wieder. Der nächste Einschlag! Daneben! Er mußte aus der Schußlinie kommen! Links war doch eine Flagge gewesen?

16

Keuchend fuhr er weiter. Da war die Flagge. Er hielt an und sah zurück. Die Kabine bewegte sich nicht mehr. Sie hatte Telefonverbindung mit der Berg- und Talstation, aber warum war sie stehengeblieben? Warum schossen sie nicht mehr? Die Antwort folgte sofort. Hoch über ihm, vom ersten Steilhang der Abfahrt, blitzte Mündungsfeuer auf, und kleine Schneefontänen spritzten um ihn hoch. Sie waren hinter ihm her! Sein Sturz hatte ihn kostbare Minuten gekostet. Wieviel Vorsprung hatte er noch? Im besten Fall zehn Minuten. Eine Kugel streifte einen seiner Skier. Bond holte tief Atem, stieß sich mit den Stöcken ab und raste auf die nächste Flagge zu, weg von der Seilbahn.

Irgend etwas beschäftigte ihn im Unterbewußtsein. Etwas Unangenehmes. Natürlich – die letzte Flagge! Sie war schwarz gewesen! Er war auf der schwarzen, wegen Lawinengefahr gesperrten Piste! Jetzt war es zu spät. Er mußte alles auf eine Karte setzen, obwohl der Neuschnee und die Detonationen der Granaten die Gefahr noch vergrößert hatten. Bei der nächsten schwarzen Flagge hielt er wieder an, um sich über die weitere Strecke klarzuwerden. Jedenfalls mußte er dort hinunter, wo er den Wald als dunkle Linie erkennen konnte. Aber nicht in Schußfahrt!

Jetzt schossen die Schweinehunde noch drei Leuchtkugeln ab, darauf mehrere Feuerwerkskörper. Das war für die Leute im Tal gedacht, die vielleicht über die Explosion beunruhigt waren. Man feierte eben auf dem Berg! Plötzlich fiel Bond ein, daß ja Heiliger Abend war ...

Und dann hörte er über sich, von weit her, den gefürchtetsten Laut in den Alpen – das dumpfe, unheimliche Grollen! Eine Lawine!

Der Boden unter ihm zitterte, und das bedrohliche Geräusch näherte sich. Nun saß er wahrhaftig in der Falle! Welchen Ausweg gab es noch? Auf gut Glück einfach nach unten rasen! Bond ging in die Hocke, schwang sich herum und stürzte sich in den weißen Abgrund.

Gleichgewicht halten! Der Fahrtwind wurde stärker. Das Dröhnen hinter ihm kam näher. Der ganze verdammte Berg war in Bewegung geraten! Was nützte es, wenn er den Wald vor den gigantischen Schneemassen erreichte? Die Lawine würde mindestens die ersten hundert Meter niederwalzen.

Irgendwo mußte doch die Schneise für die schwarze Piste sein! Wenn er sie nicht sofort fand, war er ein toter Mann.
Der Wald schien auf ihn zuzurasen. Wo war die Öffnung in dieser schwarzen Wand? Dort – Gott sei Dank! Mehr nach links! Bond versuchte, das Tempo zu drosseln. Wie weit war das Grollen noch entfernt? Der Boden zitterte stärker. Wahrscheinlich würde ein Teil der Lawine durch die Schneise kommen. Er kurvte nach links. Er hörte das Bersten der ersten Bäume. Er raste die steile Schneise hinunter. Die weiße Woge war ihm dicht auf den Fersen. Wie hoch war sie? Fünf Meter? Zwanzig? Bond kam aus der Schneise heraus und riß einen scharfen rechten Kristiania. Das war seine letzte Hoffnung.
Mitten im Schwung blieb er an einer Wurzel hängen und flog durch die Luft. Er schlug auf den Boden auf und blieb betäubt liegen. Jetzt war er erledigt! Der Boden unter ihm bebte. Heulen und Dröhnen erfüllten die Luft. Ein Schneesturm fegte über ihn weg. Und dann war die Lawine an ihm vorbeigerast, das Grollen wurde dumpfer. Bond wischte sich den Schnee aus den Augen und richtete sich mühsam auf. Die beiden Bindungen hatten sich gelöst. Seine Schneebrille war verschwunden. Nur wenige Schritte vor ihm ergoß sich ein etwa fünf Meter hoher Schneestrom aus dem Wald ins Tal.
Wenn Bond je einen Schluck Schnaps gebraucht hatte, dann jetzt! Er kippte den Inhalt der kleinen Flasche hinunter und warf sie in hohem Bogen weg. Er fühlte die köstliche Wärme des Enzians im Magen und wollte den letzten Teil des Abhangs im Schuß nehmen, quer über die Wiesen nach rechts, weg von der Lawine. Verdammt! Die Wiesen waren unten abgezäunt. Er mußte also die normale Ausfahrt neben der Talstation der Seilbahn wählen. Die Kabine war nirgends zu sehen, aber er konnte das Summen der Kabel hören. Fuhr sie wieder zur Bergstation hinauf? Nahm man an, daß ihn die Lawine mitgerissen hatte? Vor der erleuchteten Talstation stand eine große schwarze Limousine. Das war der einzige Weg zur Landstraße, zu seinem Ziel! Bond stieß sich ab.
Plötzlich bellte eine schwere Pistole auf, die Kugel schlug dicht neben ihm in den Schnee. Bond schwang nach rechts, von wo der Schuß gefallen war. Wieder krachte die Pistole. Ein Mann auf Skiern war hinter ihm her. Natürlich! Er hatte die rote Piste genommen. War ihm auch jemand auf der schwarzen gefolgt? Bond atmete tief ein und versuchte, seine Schußfahrt noch zu beschleunigen, wobei er tief in die Hocke

ging und wedelte, um dem Mann kein Ziel zu bieten. Es kam nun nur darauf an, wer die Ausfahrt zuerst erreichte.
Bond konnte sie jetzt übersehen. Zuerst die breite Öffnung im Zaun, dahinter der Parkplatz vor der Talstation und dann der niedrige Damm der Bahnlinie nach Pontresina. Jenseits des Bahndammes lag die Landstraße nach Samaden.
Wieder schlug eine Kugel neben ihm ein. Die sechste. Wenn er Glück hatte, war das Magazin mittlerweile leer. Doch das würde auch nicht viel nützen. Bond hatte keine Kraft mehr für einen Kampf.
Jetzt tauchte weit hinten auf dem Gleis ein grelles, gelbes Licht auf, und ehe es von der Seilbahnstation verdeckt wurde, erkannte Bond einen Zug. Er hörte das Donnern der starken Maschine. Großer Gott, der Zug würde die Seilbahnstation gerade in dem Augenblick passieren, in dem er über die Schienen wollte! Er versuchte verzweifelt, mit den Stöcken die Fahrt zu beschleunigen. Verdammt! Ein Mann stieg aus der schwarzen Limousine, kniete nieder und zielte auf ihn. Bond wedelte hin und her. Jetzt raste er genau auf den Mann zu. Er stieß mit der Spitze des Skistockes zu und fühlte, wie sie durch die Kleider drang. Der Mann schrie auf und stürzte nieder. Bonds anderer Verfolger, nur noch wenige Meter hinter ihm, brüllte ebenfalls. Im Schein des großen gelben Auges erkannte Bond einen gewaltigen Schneepflug, der den Schnee vor der Lokomotive in zwei Fontänen nach rechts und links sprühte. Da tauchte der Bahndamm vor ihm auf. Er stieß sich mit den Stöcken ab. Ein gellender Pfiff. Wenige Meter vor der Lokomotive schlitterte er über die Gleise, landete drüben auf der vereisten Landstraße und prallte gegen eine Schneemauer. Hinter ihm ein grauenvoller Schrei ... Holz splitterte ... Die Zugbremsen kreischten ... Der beiseite geschleuderte Schnee färbte sich rot ...
Bond wischte ihn sich aus dem Gesicht und sah ihn an. Sein Magen drehte sich um. Der Mann hatte ihm zu folgen versucht und war dabei in die Pflugschar geraten. Hackfleisch! Bond nahm eine Handvoll sauberen Schnee und rieb sich damit das Gesicht und die Windjacke ab. Plötzlich bemerkte er, daß sich mehrere Fenster des hellerleuchteten Zuges über ihm öffneten. Einige Reisende waren ausgestiegen. Er riß sich zusammen und stieß sich mit den Stöcken auf der vereisten Straße vorwärts.
Irgendwie brachte es Bond fertig, die drei Kilometer auf der

leicht abfallenden Straße nach Samaden durchzustehen. Endlich tauchten die ersehnten schutzbietenden Lichter auf! Der schlanke Turm der Dorfkirche wurde von Scheinwerfern angestrahlt, und alle Häuser waren hell erleuchtet. Walzerklänge drangen durch die kalte Luft. Die Eisbahn! Der Weihnachtsball der Schlittschuhläufer! Das war das richtige. Dort konnte er untertauchen und sich der zweifachen Jagd entziehen, die nun auf ihn losgehen würde – SPECTRE und Schweizer Polizei, Räuber und Gendarmen Hand in Hand!

Wie betäubt schleppte er sich weiter. Viele Autos waren um die Eisbahn geparkt, Skier steckten im Schnee. Über dem Eingang hing ein riesiges Plakat, das in drei Sprachen ankündigte: »Großer Weihnachtsball! Kostümzwang! Eintritt zwei Franken! Gäste willkommen!«

Bond beugte sich mühsam hinunter, um seine Bindungen zu lösen. Wenn er sich doch nur hinlegen könnte! In den einladenden Schnee! Er gab sich einen Ruck, schob Skier und Stöcke unter das nächste Auto und wankte zum Eingang. Der Mann an der Kasse war stockbetrunken. Er sah Bond kaum an. »Zwei Franken. Two francs. Deux francs.« Bond hielt sich am Tisch fest, legte die Münze hin und bekam sein Billett. Der Mann erklärte lallend: »Kostümzwang!« Er langte in eine Schachtel neben sich und warf Bond eine schwarze Maske hin. »Ein Franken!« Er versuchte ein Lächeln. »Jetzt sind Sie ein Gangster, ein Spion!«

Bond zahlte, setzte die Maske auf und torkelte durch den Eingang. Rings um die Eisbahn waren Holzbänke aufgestellt. Bond ließ sich auf einen leeren Platz fallen und vergrub den Kopf in den Händen. Das Mädchen neben ihm rückte von ihm ab. Es war ihm gleich! An einem Abend wie diesem würden sie ihn nicht hinauswerfen. Der Lautsprecher verkündete: »Meine Damen und Herren, der letzte Tanz. Und dann bitte alles zur großen Polonäse auf die Eisfläche. Der letzte Tanz! Noch zehn Minuten bis Mitternacht!« Auch das noch, dachte Bond und schlief ein.

Jemand rüttelte ihn an der Schulter. »Auf die Eisfläche, bitte. Bitte alle auf die Eisfläche zur Polonäse!« Ein Mann in rotgelber Uniform stand neben ihm.

»Scheren Sie sich zum Teufel!« sagte Bond dumpf. Doch dann warnte ihn eine innere Stimme, keine Szene zu machen, nicht aufzufallen. Er wankte zur Eisfläche und blieb mit gesenktem Kopf stehen. Er sah nach rechts und links, entdeckte eine

Lücke in der langen Reihe und rutschte vorsichtig darauf zu. Eine Hand streckte sich ihm entgegen, die er dankbar ergriff. Plötzlich schoß vom anderen Ende der Eisbahn ein Mädchen mit kurzem Rock und grellrotem, pelzbesetztem Anorak auf ihn zu. Kleine Eisstücke spritzten hoch, als sie mit einem Ruck vor ihm stehenblieb. Dieses Gesicht kannte er doch – die strahlenden blauen Augen, das Lächeln! Wer, zum Teufel, war das?
Das Mädchen reihte sich neben ihm ein, nahm seine freie Hand. »James!« Es war ein jubelndes Flüstern. »James! Ich bin es! Tracy! Was ist mit dir los? Wo kommst du her?«
»Tracy!« wiederholte Bond apathisch. »Tracy! Bleib bei mir! Ich bin übel dran! Ich erzähl dir's später!«
Die Musik setzte ein.

17

Bond wußte nicht, wie es ihm gelang, sich auf den Beinen zu halten. Aber schließlich war alles vorbei, und unter allgemeinem Jubel löste sich die Menge auf.
Tracy hakte ihn unter. Er riß sich zusammen und sagte heiser: »Wir müssen in der Menge untertauchen, Tracy. Wir müssen weg von hier. Man ist hinter mir her. Hast du deinen Wagen da?«
»Ja, Liebling. Alles wird wieder gut. Halt dich nur an mir fest. Wartet draußen jemand auf dich?«
»Kann sein. Paß auf einen schwarzen Mercedes auf. Vielleicht gibt's eine Schießerei. Bleib lieber nicht in meiner Nähe. Ich schaffe es schon allein. Wo steht dein Wagen?«
»Unten in der Straße rechts. Mach keinen Unsinn, ich habe eine Idee. Zieh meinen Anorak an.« Sie zerrte den Reißverschluß auf. »Er wird dir gerade passen.«
»Dann frierst du doch.«
»Tu, was ich sage. Ich habe einen Pullover an und warme Unterwäsche ... Jetzt den anderen Arm ... So ist's recht.« Sie zog den Reißverschluß zu. »Süß siehst du aus, James.«
Der Pelzbesatz des Anoraks duftete nach Parfüm. Es erinnerte ihn an Royale. Das Bewußtsein, eine Verbündete zu haben, nicht mehr allein auf sich angewiesen zu sein, belebte Bond. Er umklammerte ihre Hand und folgte ihr in der Menge, die dem Ausgang zuströmte. Jetzt kam ein kritischer Moment.

Blofeld hatte inzwischen Zeit genug gehabt, seine SPECTRE-Kerle herunterzuschicken. Man hatte Bond vom Zug aus gesehen und wußte, daß er nach Samaden gelaufen war. Der Bahnhof stand sicher schon unter Bewachung. Sie vermuteten bestimmt, daß er versuchen würde, in einer Menschenmenge unterzutauchen. Vielleicht würde sich der betrunkene Mann an der Kasse an ihn erinnern. Doch er war wenigstens wieder einigermaßen bei Kräften, vor allem dank Tracy. Er konnte es noch einmal mit ihnen aufnehmen. Er schob das Armband mit der schweren Rolex-Uhr über die Knöchel der rechten Hand.
Sie näherten sich dem Ausgang. Er spähte durch die Schlitze seiner Maske. Zwei der Kerle standen neben dem Kassierer und beobachteten die Herauskommenden scharf, während auf der anderen Straßenseite der schwarze Mercedes mit angelassenem Motor wartete. Nur ein Bluff konnte ihn retten. Er umarmte Tracy und flüsterte ihr zu: »Küß mich, bis wir an der Kasse vorbei sind. Sie sind dort, aber wir werden's schon schaffen!«
Sie schlang beide Arme um ihn und küßte ihn leidenschaftlich. Inmitten der lachenden, singenden Menge gelangten sie hinaus. Immer noch eng umschlungen, gingen sie die Straße hinunter. Dort stand der kleine weiße Wagen!
Plötzlich hupte der Mann am Steuer des Mercedes heftig; er hatte Bond wohl am Gang oder an den unmodernen Skihosen erkannt.
»Rasch, Liebling!« drängte Bond.
Tracy warf sich förmlich hinter das Steuer, drückte auf den Anlasser, und der Wagen fuhr schon an, während Bond einstieg. Er blickte zurück. Durch das Rückfenster sah er die zwei Männer auf der Straße stehen. Sie würden sich hüten, vor so vielen Zeugen zu schießen. Sie rannten zum Mercedes, der aber zum Glück in entgegengesetzter Richtung geparkt war. Und schon hatte Tracy die S-Kurve im Dorf genommen, und sie waren auf der Hauptstraße, die Bond vor einer halben Stunde entlanggetaumelt war.
Es würde mindestens fünf Minuten dauern, bis der Mercedes in dem Gewühl gewendet hatte. Tracy fuhr wie der Teufel, aber es war viel Verkehr – klingelnde Schlitten mit fröhlichen Heimkehrern, dazwischen ab und zu ein Auto mit rasselnden Schneeketten. Bond sagte: »Du bist ein Engel, Tracy, aber bitte sei vorsichtig. Wir wollen doch nicht im Graben landen.«
Sie warf ihm einen Seitenblick zu und lachte vergnügt: »Das

klingt, als ob dir besser ist. Jetzt kannst du doch die alberne Maske abnehmen und meinen Anorak ausziehen. Die Heizung läuft gleich auf vollen Touren. Ich möchte dich gern so sehen, wie ich dich im Gedächtnis habe! Gefalle ich dir noch?«

Langsam erwachte Bond wieder zum Leben. Die Erinnerung an den grauenvollen Berg und an all das, was er durchgemacht hatte, begann bereits zu verblassen. Er schöpfte neue Hoffnung. »Das werde ich dir sagen, wenn wir in Zürich sind. Wirst du es schaffen? Keine schöne Art, Weihnachten zu feiern!« Er kurbelte das Fenster hinunter, warf die Maske weg, zog den Anorak aus und legte ihn ihr um die Schultern. Sie kamen jetzt zu der Kreuzung mit dem Wegweiser. »Rechts, Tracy. Filisur und dann nach Chur.«

Sie nahm die Kurve nach Bonds Meinung viel zu schnell. Aber sie hatte den Wagen fest in der Hand, selbst auf dieser vereisten Straße. Verwundert fragte er: »Wie machst du das eigentlich ohne Schneeketten?«

»Spezialreifen! Du brauchst keine Angst zu haben. Lehn dich zurück und genieße die Fahrt.«

Etwas Neues war in ihrer Stimme, eine Fröhlichkeit, die sie in Royale nicht gehabt hatte. Bond betrachtete sie jetzt zum erstenmal richtig. Ja, sie war ein ganz anderer Mensch, strahlend vor Gesundheit und Lebensfreude. Ihre halboffenen Lippen schienen ständig zu lächeln.

»Zufrieden?«

»Du siehst einfach wunderbar aus. Aber jetzt erzähl mir lieber, wie du ausgerechnet nach Samaden gekommen bist. Es war ein richtiges Wunder. Das hat mir das Leben gerettet.«

»Und dann will ich wissen, was mit dir los ist. Ich habe noch nie einen Menschen gesehen, der so erledigt wirkte wie du. Zuerst habe ich geglaubt, du wärst total besoffen. Ist dir jetzt warm genug?« Sie machte eine kurze Pause. »Meine Geschichte ist ganz einfach. Papa hat mich eines Tages von Marseille aus angerufen, um zu hören, wie es mir geht. Dann fragte er, ob ich dich gesehen hätte. Als ich verneinte, schien er sehr beunruhigt zu sein. Er hat mir förmlich befohlen, dich zu suchen. Er hat nämlich einen Narren an dir gefressen. Jedenfalls sagte er, er hätte die Adresse des Mannes ausfindig gemacht, hinter dem du her bist. Wie er dich kennt, würdest du dich irgendwo in der Nähe vom Piz-Gloria-Klub rumtreiben. Ich sollte dir ausrichten, daß du vorsichtig sein sollst.« Sie lachte kurz auf. »Recht hatte er. Also bin ich von Davos

abgebraust und kam vorgestern nach Samaden. Gestern ging die Seilbahn nicht, und da wollte ich heute hinauf und mich nach dir umsehen. Und jetzt bist du dran.«
Sie fuhren in raschem Tempo auf der kurvenreichen Straße. Bond schaute durchs Rückfenster und fluchte leise — etwa anderthalb Kilometer hinter ihnen folgten zwei Lichter. Tracy sagte: »Ich weiß. Ich habe sie im Rückspiegel beobachtet. Ich fürchte, sie haben etwas aufgeholt. Es muß ein guter Fahrer sein, der die Strecke genau kennt. Hat wahrscheinlich Schneeketten. Aber ich glaube, ich werde es schaffen. Nun erzähl schon. Was war los?«
Er gab ihr eine frisierte Schilderung von einem gefährlichen Gangster, der dort oben auf dem Berg unter falschem Namen hauste und von der englischen Polizei steckbrieflich gesucht wurde. Da er, Bond, gelegentlich mit dem Verteidigungsministerium zu tun habe, sei er an diesen Fall geraten. Sie brummte: »Bind mir doch keinen Bären auf. Ich weiß, daß du beim Secret Service bist, Papa hat es mir gesagt.« Bond erwiderte kurz: »Papa redet Quatsch.« Sie lachte. Er berichtete weiter und endete: »Und dann bist du wie ein Engel vom Himmel gefallen. Das ist alles.«
Sie dachte einen Moment nach, dann sagte sie ruhig: »Und jetzt, mein süßer James, verrat mir noch, wie viele von der Bande du umgebracht hast. Aber die Wahrheit!«
»Warum?«
»Ich bin einfach neugierig.«
»Also da war der Wächter im sogenannten Klub. Den mußte ich erledigen, sonst hätte ich dran glauben müssen. Dann wird wahrscheinlich einer von der Lawine erwischt worden sein. Unten im Tal bei der Seilbahnstation schoß einer auf mich, und ich mußte ihn mit meinem Skistock aufspießen — das war Notwehr. Ich weiß nicht, wie schlimm er verletzt ist. Und schließlich der Mann, der vom Schneepflug erfaßt wurde. Er hat sechsmal auf mich geschossen, und es war außerdem seine eigene Schuld. Sagen wir — drei und ein halber sind auf die eine oder andere Weise umgekommen.«
»Wie viele sind noch übrig?«
»Warum willst du das wissen?«
»Nur so. Du kannst mir vertrauen.«
»Ich glaube, es waren im ganzen ungefähr fünfzehn. Dann wären es jetzt noch elf und ein halber — dazu der große Chef.«

»Und in dem Wagen hinter uns sind drei? Werden sie uns umbringen, wenn sie uns erwischen?«
»Ich fürchte, ja. Und ich habe keine Waffen bei mir. Es tut mir leid, Tracy, aber du hättest sowieso keine großen Chancen als Zeugin und als meine Komplicin. Für diese Leute bin ich eine Gefahr.«
»Und bist du es?«
»Allerdings – sogar eine tödliche!«
»Ich habe leider auch eine schlechte Nachricht für dich. Sie holen immer mehr auf, und ich habe nur noch ein paar Liter im Tank. Wir müssen in Filisur halten. Jetzt werden alle Garagen geschlossen sein. Wir müssen also jemand wecken. Das wird aber mindestens zehn Minuten dauern, und bis dahin haben sie uns längst geschnappt. Du mußt dir schnell etwas Gescheites einfallen lassen.«
Vor ihnen tauchte eine Baustelle auf. Ein Bergrutsch hatte ein Stück der kurvenreichen Straße und eine Brücke weggerissen. Große Tafeln warnten: »Achtung! Baustelle!« Die Umleitung verlief rechts dicht am Berg entlang. Links war eine wackelige Abzäunung, und dahinter gähnte ein mehrere hundert Meter tiefer Abgrund; unten floß ein Wildbach. In der Mitte der schlechten Wegstrecke wies ein großer roter Pfeil nach rechts auf die schmale Fahrbahn, die über eine Behelfsbrücke führte. Bond rief plötzlich: »Stop!«
Tracy bremste. Bond sprang hinaus. »Fahr weiter. Warte hinter der nächsten Kurve auf mich. Es ist unsere einzige Chance!«
Wortlos gehorchte sie. Er rannte die paar Meter zu dem roten Pfeil zurück, drehte ihn um, so daß er nun nach links zeigte, auf den Zaun, der das Stück Straße zu der zerstörten Brücke absperrte. Er riß die Abzäunung nieder, rannte über die Fahrbahn und drückte sich eng an den Felsen in den Schatten des Berges.
Der Mercedes fuhr mit seinen rasselnden Schneeketten schneller, als es auf der schlechten Strecke angeraten war. Er steuerte direkt auf die Schlucht zu, auf die der Pfeil jetzt wies. Bond erhaschte einen Blick auf weiße, verzerrte Gesichter, hörte das Kreischen der Bremsen. Der Wagen schien fast zu stehen, aber die Vorderräder ragten schon über den Rand des Abgrundes hinaus. Er hielt noch einen Moment das Gleichgewicht, dann kippte er langsam nach vorn. Ein schreckliches Krachen ertönte, als er auf das Geröll unter der alten Brücke

aufprallte. Bond lief an dem umgestürzten Pfeil vorbei und schaute hinunter. Der Mercedes flog kopfüber durch die Luft, stieß an einen Felsen, daß die Funken stoben. Er überschlug sich noch einmal und landete schließlich auf dem Grund der Schlucht im eisigen Wasser des Bergbaches. Danach herrschte tiefe Stille. Bond stellte die Überreste des Zaunes auf und drehte den roten Pfeil wieder nach rechts. Dann wischte er sich die Hände an der Hose ab und wankte bis zur nächsten Kurve.
Der kleine weiße Wagen stand mit ausgeschalteten Scheinwerfern am Straßenrand. Er stieg ein und ließ sich auf seinen Sitz fallen. Tracy fuhr schweigend an. Bald tauchten die Lichter von Filisur auf. Sie drückte seine Hand. »Du hast heute genug erlebt. Schlaf jetzt! Ich bringe dich nach Zürich. Bitte tu, was ich dir sage.«
Bond lehnte den Kopf an den Türrahmen und war sofort eingeschlafen.

18

In der grauen Morgendämmerung wirkte der Flughafen Kloten deprimierend und verlassen, aber zum Glück gab es eine Swissair-Caravelle, die wegen des Nebels in London noch nicht abgeflogen war. Bond ließ Tracy im Restaurant, buchte eine Passage und ging in eine Telefonzelle. Er suchte sich die Nummer der *Universal Export* heraus. Darunter stand die Privatnummer des Schweizer Filialleiters, Alexander Muir. Es war sechs Uhr. Er konnte es auch nicht ändern. Nach ein paar Minuten meldete sich eine verschlafene Stimme: »Muir.«
»Entschuldigen Sie bitte, hier ist 007. Ich rufe von Kloten aus an. Es ist verdammt dringend, deshalb muß ich das Risiko auf mich nehmen, daß Ihre Leitung abgehört wird. Haben Sie was zum Schreiben da?«
Die Stimme am anderen Ende war munter geworden. »Einen Moment, 007 . . . Ja, los!«
»Zunächst habe ich eine schlechte Nachricht. Ihre Nummer 2 hat's erwischt. Das ist leider so gut wie sicher. Einzelheiten kann ich Ihnen jetzt nicht mitteilen. In einer Stunde fliege ich nach London, Swissairflug 100 – von dort aus informiere ich Sie sofort ausführlich. Könnten Sie gleich ein Fernschreiben durchgeben? In den nächsten Tagen wird eine Gruppe von zehn englischen Mädchen aus dem Engadin mit einem Hub-

schrauber in Zürich eintreffen – eine gelbe Alouette der Sud-Aviation. Sie bekommen heute noch die Namen von London aus per Telex. Ich vermute, daß die Mädchen verschiedene Flugzeuge benutzen und in England auf verschiedenen Flughäfen landen. Die Flugnummern und Ankunftszeiten sind schnellstens nach London weiterzuleiten. Klar? Erinnern Sie sich an Unternehmen ›Bedlam‹, das kürzlich abgeblasen wurde? Der gleiche Kerl, und er hat Funk ... wahrscheinlich hat er damit gerechnet, daß ich mich heute früh mit Ihnen in Verbindung setze. Schauen Sie mal aus dem Fenster, ob Sie beschattet werden. Er hat bestimmt seine Leute in Zürich.«

»Verdammt!« knurrte Muir. »Bleiben Sie am Apparat.« Nach einigen Sekunden kam er zurück. »Es sieht ganz danach aus. Gegenüber steht ein schwarzer Porsche mit zwei Männern. Ich werde sofort meine Freunde einschalten.«

»Seien Sie vorsichtig. Ich glaube, unser Mann hat auch einen recht guten Draht zur hiesigen Polizei. Richten Sie das Telex an M persönlich. Chiffriert natürlich! Und teilen Sie ihm mit, daß ich ihn, falls ich heil drüben lande, unbedingt heute noch sprechen muß – zusammen mit 501 (das war der Chefwissenschaftler des Secret Service) und irgendeinem hohen Tier vom Landwirtschaftsministerium, wenn möglich! Hört sich verrückt an, muß aber sein! Es wird zwar ihre Weihnachtsfeier stören, aber ich kann's nicht ändern. Können Sie das alles für mich erledigen! Vielen Dank. Noch irgendwelche Fragen?«

»Soll ich nicht doch nach Kloten kommen, um etwas mehr über meine Nummer 2 zu erfahren? Er war hinter einem Russen her, der ziemlich verdächtige Chemikalien bei der Zürcher Vertretung der Badischen Anilin gekauft hat. Was es war, hat er mir nicht gesagt. Er wollte nur feststellen, an wen das Zeug geliefert wurde.«

»So was Ähnliches habe ich mir schon gedacht. Aber bleiben Sie mir lieber vom Leib. Ich bin der reine Zündstoff und werde noch explosiver werden, sobald sie einen gewissen Mercedes in einer Bergschlucht finden. Ich hänge jetzt ein. Tut mir leid, daß ich Ihnen Weihnachten verdorben habe.«

Er legte auf und ging ins Restaurant zurück. Tracy strahlte, als sie ihn sah. Er setzte sich dicht neben sie und ergriff ihre Hand – ein typisches, abschiednehmendes Paar auf einem Flugplatz. Er bestellte eine große Portion Rühreier mit Kaffee.

»Ich habe alles soweit geklärt, Tracy. Aber nun zu dir. Dein Wagen ist von jetzt ab gefährlich. Man hat uns sicher in Sama-

den damit wegfahren sehen, mit dem Mercedes im Schlepptau. Und der große Boß vom Berg hat auch hier seine Leute. Das beste ist, du verschwindest nach dem Frühstück schleunigst über die Grenze. Wo ist der nächste Übergang?«
»Schaffhausen, aber«, sie sah ihn flehend an, »James, muß ich dich denn jetzt wirklich allein lassen? Ich habe so lange auf dich gewartet. Und ich habe doch alles getan, was du wolltest. Warum schickst du mich fort?« Was in Royale nie geschehen wäre – Tränen glänzten in ihren Augen. Ärgerlich wischte sie sie mit dem Handrücken weg.
Bond dachte plötzlich: Verdammt noch mal! Nie wieder werde ich eine solche Partnerin finden. Sie hat alles, was ich bei einer Frau gesucht habe. Sie ist wunderbar, im Bett und auch sonst. Sie ist unternehmungslustig, tapfer, einfallsreich und nie langweilig. Sie scheint mich zu lieben. Sie würde mich weiterleben lassen wie bisher. Sie steht allein da und ist nicht mit Freunden, Verwandtschaft oder sonstigem Anhang belastet. Und vor allem, sie braucht mich. Und ich habe einen Menschen, für den ich sorgen kann. Ich habe diese sporadischen schalen Affären satt, die immer nur ein schlechtes Gewissen hinterlassen. Ich hätte auch nichts gegen Kinder! Wir wären ein ideales Paar. Warum also nicht?
Bond hörte sich die Worte sagen, die er noch nie ausgesprochen hatte: »Ich liebe dich, Tracy! Willst du mich heiraten?«
Sie wurde blaß und sah ihn fragend an. Ihre Lippen zitterten. »Ist das dein Ernst?«
»Ja, mein heiliger Ernst!«
Sie vergrub ihr Gesicht in den Händen. Als sie ihn wieder anschaute, lächelte sie. »Entschuldige, James. Ich habe so oft davon geträumt. Es kam so unverhofft. Aber ja, natürlich will ich dich heiraten! Ich werde dir keine Szene machen. Gib mir nur einen Kuß, dann gehe ich.« Sie sah ihn ernst an, beugte sich vor, und sie küßten sich.
Energisch stand sie auf. »Ich werde mich wohl daran gewöhnen müssen, das zu tun, was du sagst. Ich fahre jetzt nach München in die *Vier Jahreszeiten*. Das ist mein Lieblingshotel. Dort warte ich auf dich. Rufst du mich an? Wann können wir heiraten? Ich muß es Papa erzählen. Er wird furchtbar aufgeregt sein.«
»Wir lassen uns in München auf dem Konsulat trauen. Ich genieße so eine Art diplomatische Immunität und kann die Papiere schnell besorgen. Ich rufe dich heute abend und morgen

an und komme so schnell wie möglich zu dir. Aber vorher muß ich diese Sache erledigen.«
»Versprichst du mir, daß dir nichts passiert?«
Er lächelte. »Diesmal renne ich davon, wenn einer zu schießen anfängt.«
»Also gut.« Ein langer Blick, dann drehte sie sich stumm um und verließ das Restaurant.
Bond frühstückte geistesabwesend. Was hatte er da getan? Doch die einzige Antwort war ein Gefühl überströmender Zärtlichkeit, Erleichterung und Erregung. James und Tracy Bond! Commander und Mrs. Bond!

19

Bond schlief während des Fluges und hatte einen furchtbaren Alptraum. Er sah sich mit Tracy – sie im Brokatkleid, er im Frack und mit Orden behängt – auf einer großen feudalen Gesellschaft. Grauenvoll!
»Bitte anschnallen und das Rauchen einstellen!«
Bond erwachte schweißgebadet. Was hatte er nur getan? Nein! So wäre es bestimmt nicht! Er würde weiterhin sein hartes aufregendes Leben führen – aber Tracy würde daheim auf ihn warten! War seine Wohnung in Chelsea groß genug? Vielleicht konnte er die obere Etage mieten. Und was war mit May, seiner schottischen Perle? Er mußte sie zum Bleiben überreden!
Die Caravelle setzte auf der Piste auf, das Donnern der Motoren verstummte. Es wurde Bond erst jetzt klar, daß er kein Gepäck bei sich hatte. So konnte er direkt zur Paßkontrolle gehen und anschließend nach Hause fahren und diese lächerlichen verschwitzten Skiklamotten ausziehen.
Draußen erwartete ihn ein Wagen. Mary Goodnight saß neben dem Chauffeur. Sie musterte ihn kritisch. »Sie sehen aus wie ein Landstreicher. Ein Wunder, daß man Sie aus dem Flugplatz herausgelassen hat. Sie gehören unter Quarantäne!«
Bond lachte. »Wintersport ist eben sehr anstrengend, all die Schneeballschlachten und Bobfahrten. Und gestern abend war ich auf einem Maskenball.«
»In dem Aufzug? Das kaufe ich Ihnen nicht ab.«
»Aber freilich. Im Ernst, Mary, wie ist das Programm?«
»Sie sollen sich zuerst im Hauptquartier melden und dann

bei M zu Hause zu Mittag essen. Später kommen dann die Leute, die Sie sprechen wollen. Höchste Dringlichkeitsstufe! Und da dachte ich mir, daß Sie mich vielleicht brauchen.«
»Es ist wirklich ein Segen, daß Sie gekommen sind. Ich muß sofort einen ellenlangen Bericht diktieren. Außerdem habe ich Arbeit fürs Laboratorium. Ist jemand dort?«
»Natürlich. M besteht doch an Feiertagen auf einem Bereitschaftsdienst in allen Abteilungen. Hatten Sie Scherereien, James? Sie sehen grauenhaft aus.«
»Na ja, es ist einiges passiert. Aber das erfahren Sie ja beim Diktat.« Der Wagen hielt vor Bonds Wohnung. »Seien Sie ein Engel und mobilisieren Sie die gute May, während ich mich umziehe. Sie soll mir eine Riesenkanne Kaffee brauen und zwei Glas von unserem besten Cognac reinschütten. Jetzt ist es halb zehn. Rufen Sie doch bitte den Chef vom Dienst an und sagen Sie ihm, daß wir gegen halb elf im Büro sind. Das Labor muß in einer halben Stunde verfügbar sein.« Er zog den Paß aus der Tasche. »Geben Sie das unserem Chauffeur, er soll schleunigst zum Chef vom Dienst fahren und ihm den Paß persönlich aushändigen. Er soll dem Laboratorium sagen, daß die benutzte Tinte ... äh ... hausgemacht ist. Man braucht sie nur über Feuer zu halten. Die wissen Bescheid.«
Als Bond kurz nach halb elf in sein Büro kam, lag auf dem Schreibtisch ein Hefter mit dem roten Stern, der »streng geheim« bedeutet. Er enthielt seinen Paß und ein Dutzend Fotokopien der Seite 21. Die Namensliste war schwach, aber leserlich.
Mary Goodnight erschien mit ihrem Stenoblock. »Das ist nur der erste Entwurf, Mary. Es muß fix gehen«, erklärte er. »Wir haben knapp anderthalb Stunden Zeit, und ich muß zum Essen pünktlich in Windsor sein. Glauben Sie, daß Sie das schaffen?... Also los! Streng geheim. Zu Händen von M. Weisungsgemäß landete ich am 22. Dezember um 12 Uhr 15 mit der Swissair in Zürich, Flugplatz Kloten, um den ersten Kontakt für das Unternehmen ›Corona‹ herzustellen ...«

M legte die Blätter auf seinen Schreibtisch. Die Pfeife war ausgegangen, er zündete sie langsam wieder an und sagte ungewohnt freundlich: »Sie haben verdammtes Glück gehabt, James. Ich wußte gar nicht, daß Sie Ski laufen.«
»Ich habe mich gerade aufrecht halten können, Sir. Möchte es nicht noch einmal versuchen.«

»Kann ich Ihnen nachfühlen. Sie haben immer noch keine Ahnung, was Blofeld im Schild führt?«
»Leider nein, Sir.«
»Ich auch nicht. Ich verstehe es einfach nicht. Vielleicht werden uns die Professoren heute nachmittag weiterhelfen. Offensichtlich haben Sie recht, daß SPECTRE wieder auferstanden ist. Wir hatten zunächst an Ihrer Identifizierung Blofelds gezweifelt. Aber Ihr Tip mit Pontresina war gut. Der Tote von der Bobbahn war Bulgare, Sprengstoffexperte. Blofeld muß ja sein Gesicht und seine Figur toll verändert haben.«
»Ich bin sicher, daß er es ist, Sir. Die Klaue des Löwen habe ich ja am letzten Tag zu spüren bekommen.«
»Ein Glück, daß Sie diese Frau getroffen haben. Eine alte Flamme von Ihnen?« M sah ihn spöttisch an.
»Mehr oder weniger, Sir. Ich habe sie schon in meinem ersten Bericht über Blofelds Aufenthalt in der Schweiz erwähnt. Sie ist die Tochter dieses Draco, des Chefs der *Union Corse*. Ihre Mutter war eine englische Gouvernante.«
»Hm. Interessante Mischung. Jetzt ist es aber Zeit fürs Essen.« M stand auf und klingelte.
Hammond, M's Butler, öffnete die Tür zum Eßzimmer. Sie setzten sich an den gedeckten Tisch.

20

Es war drei Uhr. Draußen fuhr ein Wagen vor. Die Dämmerung kroch bereits ins Zimmer. M stand auf und machte Licht. Bond stellte noch zwei Sessel an den Schreibtisch. M erklärte: »Das wird 501 sein. Sie kennen ihn bestimmt, Chef unserer Forschungsabteilung. Der andere heißt Franklin. Laut 501 eine Koryphäe in der Schädlingsbekämpfung. Keine Ahnung, warum das Landwirtschaftsministerium gerade ihn schickt. Der Minister hat mir gesagt, sie hätten zur Zeit großen Ärger und glaubten, Sie seien einer Riesensache auf der Spur. Wir werden den Herren Ihren Bericht vorlegen. Vielleicht können sie etwas damit anfangen.«
Nummer 501 vom Secret Service war ein untersetzter Mann mit dicken Brillengläsern. Er hatte ein freundliches, unverbindliches Lächeln und war höflich, aber M gegenüber nicht devot. Der andere war klein, hatte schlaue, vergnügte Augen und begrüßte sie zurückhaltend.

Nach den üblichen Floskeln sagte M: »Mr. Franklin, Ihr Minister wird Sie ja wohl schon informiert haben.«
»Er hat mir lediglich Andeutungen gemacht. Ich weiß nur, daß es sich um einen Mann handelt, der auf einer Hochalp sitzt und sich bemüht, unsere Landwirtschaft und unsere Viehzucht zu verbessern, was ja durchaus löblich ist. Warum behandeln wir ihn, als hätte er Atomgeheimnisse gestohlen?«
»Das hat er auch schon einmal getan«, erwiderte M trocken. »Am besten lesen Sie und Mr. Leathers wohl zunächst den Bericht meines Mitarbeiters. Das meiste wird auch Ihnen neu sein.«
Ein langes Schweigen folgte. Bond lauschte dem Klatschen des Regens und dem Knistern der Holzscheite im Kamin. M saß dösend in seinem Sessel. 501 reichte nach einer Weile Franklin die letzte Seite und lehnte sich zurück. Als Franklin zu Ende gelesen hatte, legte er die Blätter zusammen und sagte lächelnd zu Bond: »Sie haben Glück, daß Sie hier sind.«
Bond lächelte wortlos zurück.
M wandte sich an 501: »Nun?«
501 nahm seine Brille ab und putzte sie mit einem nicht allzu sauberen Taschentuch. »Ich weiß noch nicht, worauf die Sache hinausläuft, Sir. An sich wäre ja an diesen Forschungen nichts auszusetzen, wenn wir Blofeld nicht so gut kennen würden. Er hat zehn oder vielmehr elf für Tiefenhypnose geeignete Mädchen vom Lande in die Schweiz kommen lassen. Sie leiden anscheinend, und es liegt kein Grund vor, das zu bezweifeln, an gewissen ziemlich verbreiteten Allergien. Die Aversion gegen Geflügel kommt häufig vor, ebenso die gegen Hornvieh. Die gegen Feldfrüchte und Pflanzen ist weniger bekannt. Blofeld scheint diese Allergien durch Hypnose heilen zu wollen. Der mechanische Hergang ist einfach. Im Dämmerzustand werden ein Metronom im Takt des Pulsschlags und ferne surrende Geräusche häufig als hypnotische Hilfsmittel verwendet. Der Singsang, der gemurmelte, immer wiederholte Befehl des Hypnotiseurs – das sind alles übliche Requisiten. Wir wissen nicht, was für Vorträge die Mädchen anhören, noch was sie lesen müssen, können aber voraussetzen, daß alles ebenfalls dazu dienen soll, sie in der von Blofeld gewünschten Form zu beeinflussen. Ich kann zu alldem nur sagen, daß Blofelds Ideen nicht neu sind und daß sie wirksam sein können.«
M nickte. »Vielen Dank, Mr. Leathers. Würden Sie jetzt mal

etwas unwissenschaftlich werden und einfach Ihre Vermutungen äußern, wozu das alles gut sein soll?« M lächelte. »Es bleibt natürlich unter uns!«
501 strich sich sorgenvoll durchs Haar. »Also, Sir, es mag Unsinn sein, aber bei Lektüre des Berichtes kam mir ein Gedanke. Blofeld hat eine horrend kostspielige Anlage geschaffen. Ob seine Absichten nun gut oder schlecht sind – und wir können annehmen, daß sie schlecht sind –, es stellt sich die Frage: Wer bezahlt das? Wie ist er auf dieses Gebiet verfallen, und wie hat er die Mittel dafür aufgetrieben? Die führenden Köpfe in der Verhaltensforschung sind seit Iwan Pawlow immer Russen gewesen. Wie Sie sich noch erinnern werden, Sir, hatte ich dem Amt nach dem ersten gelungenen russischen Raumflug um die Welt einen Bericht über den Astronauten Gagarin eingesandt. Ich wies darin auf seine einfache Natur hin, auf sein ausgeglichenes Verhalten bei dem hysterischen Empfang, der ihm in London bereitet wurde. Dieses leere, lächelnde Gesicht, Sir, diese unschuldigen Augen, diese unkomplizierte Psyche, all das deutete auf Hypnose hin. Ich wagte zu behaupten, daß er den schwierigen Anforderungen in der Raumkapsel nur im posthypnotischen Zustand gewachsen sein konnte. Man hielt meine Folgerungen damals für phantastisch. Ich wiederhole sie jetzt und gebe zu bedenken, daß die Macht, die hinter Blofeld steht, sehr wohl die Russen sein können.« Er wandte sich an Bond. »Waren irgendwelche Anzeichen eines russischen Einflusses oder russischer Leitung auf dem Piz Gloria zu bemerken? Waren dort Russen?«
»Ja, dieser Hauptmann Boris. Ich habe ihn zwar nie gesehen, aber er war zweifellos Russe. Von den anderen eventuell noch drei.«
501 zuckte die Achseln und sagte zu M: »Ich fürchte, daß ich nicht mehr zur Aufklärung beitragen kann, Sir. Aber meiner Ansicht nach war dieser Hauptmann Boris entweder ›Zahlmeister‹ oder Leiter des Projektes und Blofeld der unabhängige Unternehmer. Das würde zum Charakter des alten SPECTRE passen – eine selbständige Organisation, die für jeden arbeitet, der zahlt.«
»Daran könnte etwas sein, Mr. Leathers«, sagte M nachdenklich. »Aber was ist der Zweck der Übung? Was halten Sie von alldem, Mr. Franklin?«
Franklin hatte sich eine Pfeife angezündet. Er entnahm seiner Aktentasche einige Schriftstücke. Dann breitete er eine Land-

karte von England und Irland auf dem Tisch aus. »Hierauf sind sämtliche Agrar- und Viehzuchtgebiete von England und Irland eingezeichnet«, erklärte er. »Ich muß gestehen, daß ich beim Lesen des Berichtes zunächst völlig konsterniert war. Wie Mr. Leathers sagt, scheinen diese Forschungen und Versuche völlig harmlos, im Gegenteil, um seine Worte zu gebrauchen, sogar löblich zu sein. Aber dann kam mir ein schwerer, entsetzlicher Verdacht. Ist übrigens die Liste mit den Namen und Adressen der Mädchen greifbar?«
Bond zog die Fotokopie aus der Rocktasche und reichte sie Franklin, der sie überflog und zutiefst beeindruckt rief: »Ich habe es! Ich glaube, ich habe es!«
Die drei anderen sahen ihn gespannt an. Franklin malte mit dem Rotstift eine Reihe anscheinend unzusammenhängender roter Kreise in England und Irland und murmelte dabei vor sich hin: »Aberdeen – Aberdeen-Angus-Rinder! Devon – ungehörntes Rind! Lancashire – Geflügel! Kent – Obst! Shannon – Kartoffeln!« Schließlich zeigte sein Stift auf East Anglia. Er machte ein großes, rotes Kreuz und sagte: »Truthähne!«
In das Schweigen, das nun folgte, fragte M leicht gereizt: »Und was soll das bedeuten?«
Franklin kramte in seiner Aktenmappe und förderte schließlich einen Zeitungsausschnitt zutage. »Ich nehme nicht an, daß Sie, meine Herren, den Landwirtschaftsteil der Zeitungen lesen; dieser Bericht stammt aus dem ›Daily Telegraph‹ von Anfang Dezember. Die Überschrift lautet: HÜHNERPEST VERNICHTET TRUTHÄHNE MASSENWEISE. Dann heißt es: ›Die Versorgung des Weihnachtsmarktes mit Truthähnen könnte durch die kürzlich ausgebrochene Hühnerpest ernstlich gefährdet werden. Eine große Anzahl Tiere mußte bereits notgeschlachtet werden ...‹ Und weiter unten: ›Nach bisherigen Mitteilungen mußten 218 000 Tiere geschlachtet werden ... während voriges Jahr der Weihnachtsmarkt mit 3 700 000 bis 4 000 000 Stück beliefert wurde, hängt die Versorgung diesmal von der weiteren Ausbreitung der Hühnerpest ab.‹«
Franklin legte den Ausschnitt hin und erklärte ernst: »Es gelang uns, weitere Veröffentlichungen in der Presse zu unterdrücken. Aber ich kann Ihnen sagen, meine Herren, daß wir in den letzten vier Wochen ungefähr drei Millionen Truthähne schlachten mußten. Und das ist erst der Anfang. Die Hühnerpest breitet sich wie ein Lauffeuer in ganz East Anglia aus.

Auch in Hampshire sind bereits Anzeichen vorhanden, wo ebenfalls Truthahnzucht betrieben wird. Wir mußten zwei Millionen aus Amerika importieren, um den Weihnachtsbedarf decken zu können.«
M meinte säuerlich: »Ich kann verstehen, daß das für Sie ein Problem ist. Doch was hat das mit unserem Fall zu tun?«
Franklin erwiderte: »Wir haben einen Anhaltspunkt. Die ersten Tiere, die starben, wurden auf der Nationalen Geflügel-Ausstellung in den Olympia-Hallen in London Anfang dieses Monats gezeigt. Wir kamen erst dahinter, als die Ausstellung bereits geschlossen war. So konnten wir die Herkunft des Virus nicht mehr ermitteln. Hühnerpest ist notabene höchst ansteckend und verläuft hundertprozentig tödlich. Aber«, er hielt eine Broschüre mit dem Wappen der Vereinigten Staaten hoch, »was wissen Sie, meine Herren, von biologischer Kriegführung?«
Leathers antwortete: »1944 hatten die Amerikaner den Plan ausgearbeitet, die gesamte japanische Reisernte durch Besprühen mit Bakterien von Flugzeugen aus zu vernichten. Aber ich erinnere mich, daß Roosevelt sein Veto einlegte.«
»Stimmt!« sagte Franklin. »Die biologische Kriegführung ist aber keineswegs ad acta gelegt. Mein Ministerium befaßt sich mit diesem Thema. Wir sind das höchstentwickelte Agrarland der Erde. Wir haben das im Krieg notgedrungen fertiggebracht, um nicht zu verhungern. So wären wir theoretisch ein ideales Ziel für einen solchen Angriff, dem man nur durch Abschlachten des gesamten Geflügel- und Viehbestandes und durch Verbrennen der Ernten begegnen kann. Binnen wenigen Monaten wären wir ruiniert und müßten buchstäblich um Brot betteln.«
»Darüber habe ich noch nie nachgedacht«, sagte M, »aber es leuchtet mir ein.«
»Diese Broschüre hier«, fuhr Franklin fort, »enthält die neuesten Erkenntnisse unserer amerikanischen Verbündeten zu diesem Thema. Darf ich Ihnen einiges daraus vorlesen?«

21

Franklin unterbrach seine Vorlesung ab und zu, um Erläuterungen zu geben.
»Die biologische Kriegführung, Abkürzung BK, oft auch bak-

teriologische oder mikrobische Kriegführung genannt, umfaßt alle Mikroorganismen, Insekten und andere Schädlinge sowie pflanzliche und tierische Giftstoffe.
Die Agenzien der BK wie die der chemischen Kriegführung, CK abgekürzt, unterscheiden sich im Grad ihrer Tödlichkeit. Das ermöglicht, jeweils das für den gewünschten Zweck geeignete Agens zu wählen, je nachdem, ob man nur eine vorübergehende Lahmlegung mit geringen Nachwirkungen oder Seuchen und zahlreiche Tote erzielen will. Außerdem bestehen zwischen BK und CK noch einige andere wesentliche Unterschiede. Die BK-Agenzien haben eine Inkubationszeit von Tagen, manchmal von Wochen, während die CK-Waffen binnen Sekunden oder wenigen Stunden wirksam werden.«
Franklin hielt kurz inne. »Die Broschüre schildert ferner ausführlich die verschiedenen Schädlinge sowie die Seuchen und Krankheiten in der Pflanzenwelt. Dann wird dargelegt, daß die Natur der BK-Agenzien sie für geheime, tückische Anschläge besonders geeignet macht. Und das betrifft uns. Nach der Geflügel-Ausstellung wurden die Erreger durch die Truthähne in allen dichtbesiedelten Zuchtgebieten verbreitet. In der Broschüre heißt es: ›... Versuche haben gezeigt, daß durch BK-Agenzien ohne weiteres Gebiete von mehreren tausend Quadratmeilen verseucht werden können!‹ Großbritannien mit Irland umfaßt nur eine Fläche von etwas über hunderttausend Quadratmeilen! Zum Abschluß zitiere ich noch eine Stelle, und dann werden Sie begreifen, warum ich mich derart aufrege. In dem Abschnitt ›Verteidigungsmaßnahmen‹ heißt es: ›... Die Verteidigung gegen die biologische Kriegführung wird durch die Schwierigkeit, die Agenzien zu entdecken und unschädlich zu machen, wesentlich kompliziert. Bisher sind auch noch keine entsprechenden Methoden gefunden worden.‹«
Franklin legte die Broschüre auf den Tisch, nahm seine Pfeife, stopfte sie und erklärte, auf einmal wieder freundlich lächelnd: »So, meine Herren, die Anklagerede ist beendet.«
M sagte: »Ich danke Ihnen, Mr. Franklin. Wenn ich Sie richtig verstanden habe, meinen Sie, daß Blofeld einen Bakterienkrieg gegen unser Land vorbereitet?«
»Ja«, antwortete Franklin überzeugt.
»Wie kommen Sie zu dieser Schlußfolgerung?«
Franklin deutete auf das rote Kreuz, das er über East Anglia gemacht hatte. »Das war meine erste Spur. Polly Tasker, die

den Piz Gloria bereits vor einem Monat verlassen hat, stammte aus dieser Gegend, wo die meisten Truthähne gezüchtet werden. Sie litt an einer Allergie gegen Truthähne, kam geheilt und mit allen möglichen Reformplänen zurück. Eine Woche nach ihrer Rückkehr bricht die katastrophalste Hühnerpest in der Geschichte Englands aus.«

Leathers klatschte sich auf die Schenkel. »Beim Himmel, Sie haben es, Franklin! Weiter!«

»Als Bond einen Blick in das Laboratorium warf, sah er auf Regalen Reagenzgläser stehen, die, wie er sagt, eine ›trübe, flockige Flüssigkeit‹ enthielten. Das können Erreger von Hühnerpest, Milzbrand und Gott weiß was gewesen sein. Er erwähnt ferner das rote Licht. Das würde passen: Viruskulturen sind empfindlich gegen Helligkeit. Wahrscheinlich hat man dieser Polly einen Aerosolspray nach England mitgegeben und ihr vorgelogen, es sei ein Mittel, um die Tiere fetter und gesünder zu machen. Erinnern Sie sich an die Befehle während der Hypnose? Nehmen wir an, sie sollte die Ausstellung in den Olympia-Hallen besuchen und dabei die preisgekrönten Tiere mit der Flüssigkeit besprühen. Es war ihr eingeschärft worden, alles strikt geheimzuhalten. Meiner Meinung nach sollte sie erst in den letzten Tagen der Ausstellung ihr Werk tun, um die Entdeckung so lange hinauszuzögern, bis die preisgekrönten Tiere zu ihren in ganz England verstreuten Besitzern zurückgeschickt worden waren. Und da war es geschehen! Und«, er machte eine Pause, »vergessen Sie nicht, es *ist* passiert! Drei Millionen Tiere sind tot, und das Sterben hat noch nicht aufgehört. Und eine große Devisensumme mußte ins Ausland gehen, um dafür Ersatz zu schaffen.«

Leathers, der vor Aufregung rot geworden war, mischte sich jetzt ein und deutete auf die Karte. »Und die anderen Mädchen! Sie kommen alle aus gefährdeten Gegenden. Überall finden ständig lokale Ausstellungen statt: Vieh, Geflügel, sogar Kartoffeln – Coloradokäfer für die Kartoffeln, nehme ich an – Schweinepest für die Schweine und so weiter. Und es ist so verdammt einfach! Man braucht die Erreger nur eine Weile in der richtigen Temperatur zu halten. Das hat man den lieben Kindern beigebracht. Und die ganze Zeit wären sie überzeugt davon, wahre Heilige zu sein! Genial. Das muß ich dem Kerl lassen.«

M fragte Bond scharf: »Was meinen Sie dazu?«

»Ich fürchte, es stimmt, Sir. Wir kennen den Mann, es liegt

genau auf seiner Linie. Und ihm ist es ganz gleich, wer zahlt. Er macht jedenfalls dabei ein Vermögen. Wenn Franklin recht hat, was die Broschüre des Senats bestätigt, so wird unsere Währung ruiniert — und das Land mit ihr.«

M stand auf. »Gut, meine Herren. Mr. Franklin, wollen Sie bitte sofort Ihrem Minister Bericht erstatten. Ich werde den Premierminister informieren und vor allem Sir Ronald Vallance von Scotland Yard verständigen. Wir müssen diese Polly schnellstens ausfindig machen und die andern Mädchen, sowie sie nach England zurückkommen. Man muß sie allerdings freundlich behandeln, sie können ja nichts dafür. Dann wollen wir überlegen, was wir mit Blofeld tun.« Zu Bond sagte er: »Bleiben Sie bitte noch hier.«

Nachdem sich die andern verabschiedet hatten, bestellte M Tee. »Oder wollen Sie lieber Whisky?« fragte er Bond.

»Whisky bitte, Sir.«

Bond betrachtete Franklins Landkarte. Er dachte an seinen Kündigungsbrief. Das kam nicht mehr in Frage, er steckte bis über die Ohren in seinem alten Beruf, mehr denn je. Jetzt mußte endlich reiner Tisch gemacht werden. Und er mußte alles organisieren und leiten. Und als M der Tee und ihm der Whisky gebracht wurde, wußte er ganz genau, was er zu tun hatte. Nur er konnte das! Es stand nun einmal in seinen Sternen geschrieben!

Nach einer Weile sagte M verdrossen: »Das ist ja eine scheußliche Sache, James, aber leider scheint es zu stimmen.« Er griff zum Telefon. »Verbinden Sie mich mit Sir Ronald Vallance, privat.« Das Gespräch kam gleich. »Tag, Vallance! Hier ist M. Tut mir leid, Sie in Ihrer Siesta stören zu müssen, aber es ist dringend. Erinnern Sie sich an Blofeld und das Unternehmen Feuerball? Er ist wieder am Werk. Ich kann Ihnen jetzt nicht alles erklären, Sie haben morgen früh meinen Bericht. Es betrifft das Landwirtschaftsministerium ... Ja, ausgerechnet. Franklin, eine der Koryphäen für Schädlingsbekämpfung, wird sich mit Ihnen in Verbindung setzen. Ihr Freund 007 hat die Sache ins Rollen gebracht. Er wird Ihnen alle weiteren Einzelheiten geben, die Sie benötigen. Es handelt sich um folgendes: Ihre Leute müssen versuchen, eine gewisse Polly Tasker ausfindig zu machen, etwa fünfundzwanzig Jahre alt, lebt in East Anglia ... Ja, ich weiß, es ist ein großes Gebiet, wahrscheinlich stammt sie aus einer soliden Farmerfamilie, die hauptsächlich Truthähne züchtet ... Und wenn Sie sie haben, nehmen Sie sie fest wegen Einschleppung von Hühnerpest ... Jawohl. Seien Sie nett zu ihr, sie hat nicht gewußt, was sie tat. Und beruhigen Sie die Eltern. Franklin wird kommen und dem Mädchen ein paar einfache Fragen stellen. Sobald sie die beantwortet hat, können Sie sie laufenlassen. Aber wir *müssen* Polly Tasker finden; wenn Sie den Bericht gelesen haben, werden Sie wissen, warum. Nun der nächste ehrenvolle Auftrag. Zehn Mädchen werden wahrscheinlich in den nächsten Tagen von Zürich nach England und Irland fliegen. Jede muß auf dem betreffenden Flugplatz festgenommen werden. 007 hat eine Liste mit den Namen und einer recht guten Beschreibung ... Nein — die ganze Geschichte kann ich Ihnen jetzt nicht erzählen, sie ist zu lang. Haben Sie je etwas von biologischer Kriegführung gehört? ... Ja. Milzbrand und so weiter ... Genau das ... Ja, und wieder Blofeld. Haben Sie alles verstanden? Schön.« Grimmig lächelnd fügte er hinzu: »Und fröhliche Weihnachten.« Er hängte ein.

»Das wäre erledigt«, sagte er erschöpft. »Vallance findet, es ist höchste Zeit, diesen Blofeld endlich zu schnappen. Er hat völlig recht. Und das ist *unsere* Aufgabe.« Er sah Bond fragend an: »Haben Sie eine Idee?«

Nun war es soweit. Bond nahm einen kräftigen Schluck Whisky und stellte das Glas behutsam hin. Dann begann er zu sprechen, drängend, überredend. Während er seinen Plan entwickelte, verdüsterte sich M immer mehr. Und als Bond schloß: »Das ist die einzige Möglichkeit, die ich sehe, Sir. Ich brauche dazu nur zwei Wochen Urlaub«, kehrte ihm M den Rücken und starrte in die Flammen des Kamins.

Bond saß ruhig da und wartete. Schließlich drehte sich M um. Seine grauen Augen glühten. »Also gut, 007. Machen Sie es so! Ich kann es dem Premierminister nicht unterbreiten, er würde es ablehnen. Aber, um Himmels willen, schaffen Sie es! Mir wäre es egal, wenn man mich rausschmeißen würde, aber die Regierung darf unter keinen Umständen in internationale Verwicklungen geraten. Verstanden?«

22

Die Pistole im Lederhalfter und seinen richtigen Namen im Paß, schaute James Bond aus dem Fenster der Caravelle, die gerade über den Kanal flog. Er sah auf die Uhr. Sie würden pünktlich um sechs in Marseille sein.

Vor seiner Abreise hatte es noch ein tolles Durcheinander gegeben. Er hatte bis spät in die Nacht und am Morgen im Hauptquartier gearbeitet, Blofelds neue Personenbeschreibung geliefert, mit Ronnie Vallance konferiert, per Fernschreiber mit der Station Z in Zürich verhandelt und Mary Goodnight aufgetragen, Sable Basilisk nach den Feiertagen zu bitten, Nachforschungen über die Familiennamen der zehn Mädchen anzustellen und Ruby Windsors Stammbaum mit goldenen Lettern zu verzieren.

Gegen Mitternacht hatte er Tracy in München angerufen. »Ich schicke dir morgen meinen Geburtsschein mit einem Begleitbrief für den englischen Konsul, in dem ich ihm mitteile, daß ich dich so bald wie möglich heiraten möchte. Es wird ein paar Tage dauern; das Aufgebot muß ausgehängt werden oder so was Ähnliches. Der Konsul wird dir alles sagen. Du mußt deinen Geburtsschein auch schleunigst besorgen und ihn ... So, du hast ihn schon?« Bond lachte. »Um so besser! Ich habe noch ungefähr drei Tage zu tun. Morgen sehe ich deinen Vater und halte bei ihm um deine Hand an, um beide Hände und die Füße und den Rest! Nein! Du bleibst, wo du bist. Das ist Männersache! Ist er jetzt noch wach? Ich möchte ihn nämlich anrufen. Gut. Und jetzt gehst du schleunigst ins Bett, sonst bist du zu müde, um ja zu sagen, wenn es soweit ist!«

Marc-Ange war genauso aufgeregt wie Tracy. Nachdem Bond seinen Begeisterungsausbruch wegen der »Verlobung« über sich hatte ergehen lassen, sagte er: »Hör mal, Marc-Ange, ich wünsche mir von dir ein Hochzeitsgeschenk!«

»Alles, was du willst, mein lieber James. Was ist es denn?«

»Das sage ich dir morgen abend. Ich komme mit der Air France am Nachmittag in Marseille an. Geschäftlich! Könntest du deine Direktoren zu einer Konferenz zusammenrufen? Es handelt sich um unsere Verkaufsorganisation in der Schweiz. Da sind einige drastische Maßnahmen erforderlich.«

»Aha!« Marc-Ange hatte verstanden. »Wird erledigt. Gute Nacht, mein Junge!«

Die Leitung war tot. Der alte Fuchs! Er hatte Angst, daß sein Telefon abgehört wurde.

Das Taxi hielt vor einem modernen Appartementhaus mit einem großen, hellerleuchteten Laden, über dem die grelle Neonreklame verkündete »Appareils Electriques Draco«. Die teppichbelegte Halle war luxuriöser, als Bond erwartet hatte.

Nachdem er in sein Zimmer geführt worden war und sich gewaschen hatte, ließ er sich zu Marc-Ange bringen, der bei seinem Anblick über das ganze Gesicht strahlte. Er sprang auf, ging um den Schreibtisch herum, umarmte Bond stürmisch und küßte ihn schmatzend auf beide Wangen. Bond unterdrückte sein Unbehagen und klopfte ihm freundschaftlich auf den breiten Rücken. Lachend ließ ihn Marc-Ange los. »Schon gut. Ich schwöre dir, daß ich es nie wieder tue. Das war das erste- und letztemal, aber mein romanisches Temperament ist mit mir durchgegangen. Entschuldige bitte. Jetzt wollen wir erst mal was trinken!« Er deutete auf eine mit Flaschen beladene Kredenz. »Und dann erzählst du mir, was ich für dich tun kann. Ich spreche kein Wort über Teresa, bis wir das Geschäftliche erledigt haben. Aber sag mir eins«, die braunen Augen schauten Bond flehend an, »es ist doch alles in Ordnung zwischen euch? Du hast es dir nicht etwa anders überlegt?«

»Kein Gedanke, Marc-Ange! Alles ist schon organisiert. Wir heiraten noch diese Woche. Auf dem Konsulat in München. Ich habe vierzehn Tage Urlaub. Die Flitterwochen verbringen wir in Kitzbühel. Ich liebe dieses Nest, und sie auch. Du kommst doch zur Hochzeit?«

»Und ob!« Marc-Ange explodierte förmlich. »Es wird dir schwerfallen, mich von Kitzbühel fernzuhalten. Aber jetzt muß ich mich zusammenreißen. Meine zwei besten Leute, meine Organisatoren, wenn du so willst, warten draußen. Ich wollte dich nur vorher einen Moment für mich allein haben.«

»Das wollte ich auch, Marc-Ange. Ich muß mit dir über einiges sprechen, was mein Land betrifft. Ich habe die Erlaubnis, dir alles zu sagen. Aber es muß hinter deinem *Horkos Odonton* verschlossen bleiben!«

Marc-Ange lächelte. »Schieß los!«

Bond erzählte ihm die ganze Geschichte, wobei er auch sein Erlebnis mit Ruby nicht ausließ. Ihm flößte dieser Mann Respekt ein, ja, er liebte ihn geradezu, er konnte nicht sagen, warum. Zum Teil war es seine animalische Ursprünglichkeit, zum Teil, weil er ihm so völlig sein Herz geöffnet, seine geheimsten Gedanken anvertraut hatte.

Als Bond geendet hatte, lehnte sich Marc-Ange zurück, steckte sich eine Gauloise in den Mundwinkel und sprach durch die blauen Rauchwolken, die ununterbrochen seinen Lippen entströmten. »Ja, das ist wirklich eine üble Angelegenheit. Der

muß ein Ende gemacht werden, und dem Mann auch. Mein lieber James«, seine Stimme klang düster, »ich bin ein Verbrecher, ein großer Verbrecher, ich habe eine Anzahl Puffs, ich habe einen Ring von Prostituierten, ich schmuggle, ich stelle Leibwächter für Geld, ich bestehle die Schwerreichen. Ich breche viele Gesetze, und ich habe dabei oft töten müssen. Aber dieser Blofeld ist zu gemein, zu widerlich. Du willst, daß ihm die Union den Krieg erklärt, ihn vernichtet, weil das auf gesetzlichem Wege nicht geschehen kann.« Er lächelte Bond zu. »Das ist das Hochzeitsgeschenk, von dem du gesprochen hast. Nicht wahr?«
»Richtig. Aber ich mache mit. Der Mann gehört mir!«
Nachdenklich schaute ihn Marc-Ange an. »Das gefällt mir gar nicht, und du weißt warum. Du bist ein verdammter Narr, James, du kannst von Glück sagen, daß du überhaupt noch lebst.« Er zuckte die Achseln. »Es hat ja keinen Sinn, dir das ausreden zu wollen. Du bist schon zu lange hinter diesem Kerl her. Und du willst die Sache selber zum Abschluß bringen. Stimmt's?«
»Ja. Ich möchte nicht, daß ein anderer meinen Fuchs abschießt.«
»Gut, gut. Ich rufe jetzt meine Leute, ja? Sie brauchen nicht zu wissen, worum es geht. Wir müssen uns nur darüber einig werden, wie wir es schaffen wollen. Ich habe ein paar Ideen. Ich glaube, daß es rasch erledigt werden kann. Aber es dürfen uns keine Fehler unterlaufen.«
Er sprach ein paar Worte ins Telefon. Eine Minute später kamen zwei Männer herein, die kaum Notiz von Bond nahmen und sich an den Schreibtisch setzten.
Marc-Ange wies auf den Mann neben Bond, einen Bullen mit gespaltenen Ohren und gebrochener Boxernase. »Das ist Ché-Ché, der Überredungskünstler.« Er lächelte grimmig. »Und er versteht sein Handwerk.«
Zwei harte braune Augen musterten Bond kurz, widerstrebend: »Freut mich.«
»Und das ist Toussaint, der ›Knaller‹. Unser Experte für Plastikbomben. Wir werden viele brauchen.«
Toussaint beugte sich vor. Er war hager und hatte ein gutgeschnittenes, pockennarbiges Profil. Er lächelte Bond verständnisinnig zu, sagte ebenfalls »Freut mich« und lehnte sich wieder zurück.
»Und das«, Marc-Ange, deutete auf Bond, »ist mein bester

Freund. Er heißt einfach ›Kommandant‹. Nun zur Sache.« Er hatte bisher französisch gesprochen, verfiel aber jetzt in rasches Korsisch, dem Bond nicht folgen konnte. Er nahm aus seiner Schreibtischschublade eine Generalstabskarte der Schweiz, breitete sie auf dem Tisch aus und deutete auf einen Punkt in der Mitte des Engadins. Die beiden Männer betrachteten sie eingehend. Ché-Ché erklärte dann etwas auf korsisch – Bond hörte das Wort Straßburg heraus –, und Marc-Ange nickte zustimmend. Er wandte sich zu Bond, gab ihm ein Blatt Papier und einen Bleistift. »Sei so gut und mach mir eine Skizze vom Piz Gloria mit allen Gebäuden und Anlagen und den ungefähren Maßen und Entfernungen. Später stellen wir ein Relief-Modell der ganzen Anlage her, damit kein Irrtum unterlaufen kann. Jeder einzelne erhält seinen Auftrag, wie bei den Kommandounternehmen im Krieg.«
Bond machte sich an die Arbeit, während die Männer weitersprachen. Das Telefon läutete. Marc-Ange hob ab, notierte sich ein paar Worte, legte auf und sagte etwas befremdet zu Bond: »Ein Telegramm für mich aus London mit der Unterschrift Universal. Inhalt: ›Die Vögel haben sich in der Stadt versammelt und fliegen alle morgen ab.‹ Was soll das bedeuten, mein Lieber?«
»Entschuldige bitte, Marc-Ange. Ich habe ganz vergessen, dir das zu avisieren. Es bedeutet, daß die Mädchen in Zürich angekommen sind und morgen nach England fliegen. Eine sehr gute Nachricht. Es war wichtig, daß sie uns dort aus dem Weg sind.«
»Ausgezeichnet! Du hast recht gehabt, das Telegramm nicht an dich adressieren zu lassen. Du bist ja offiziell gar nicht hier und kennst mich auch nicht!«
Marc-Ange sah sich Bonds Skizze an und gab sie Toussaint, der sie eingehend betrachtete und dann behutsam zusammenfaltete. Mit einer knappen Verbeugung zu Bond verließen die beiden den Raum.
Marc-Ange lehnte sich zufrieden zurück. »Es klappt«, sagte er. »Das ganze Team bekommt Gefahrenzuschlag, und eine zünftige Keilerei haben sie immer gern. Und es freut sie, daß ich als Anführer mitmache. Ich nehme fünf meiner besten Leute mit. Mit uns beiden sind wir dann sieben. Wieviel werden oben auf dem Berg sein?«
»Ungefähr acht. Und der Boss!«
»Ja, der Boss«, sagte Marc-Ange nachdenklich. »Der darf uns

nicht entwischen.« Er stand auf. »Und jetzt, mein Freund, wollen wir es uns schmecken lassen. Das Essen wird hier serviert. Und wenn wir dann ins Bett gehen, stinken wir nach Knoblauch und sind vielleicht auch ein bißchen besoffen. Einverstanden?«
Aus vollem Herzen antwortete Bond: »Ich könnte mir nichts Besseres vorstellen!«

23

Am nächsten Tag reiste Bond mit Flugzeug und Bahn nach Straßburg, wo er im Hotel *Maison Rouge* abstieg. Der Knoblauchgeruch leistete ihm immer noch Gesellschaft.
Er hatte die Stunden mit Marc-Ange in Marseille ungemein genossen und freute sich schon auf das, was nun vor ihm lag: die Aufgabe, die er vollbringen mußte, und dann Tracy!
Am Morgen hatte es endlose Besprechungen am Modell des Piz Gloria gegeben, das in der Nacht angefertigt worden war. Neue Typen waren aufgetaucht, hatten ihre Befehle erhalten und waren wieder verschwunden – harte, mordlustige Banditengesichter, die alle etwas gemein hatten: die Ergebenheit für ihren Capu. Bond war sehr beeindruckt von der Autorität, die Marc-Ange ausstrahlte, und von der Art, wie er mit jedem Problem fertig wurde, sich um alle Einzelheiten kümmerte, von der Beschaffung des Hubschraubers bis zur Zahlung von Pensionen an die Hinterbliebenen.
Im *Maison Rouge* war für Bond ein schönes Zimmer reserviert. Er wurde mit ausgesuchter Höflichkeit empfangen. Zum Abendessen bestellte er nur die traditionelle feine Gänseleber mit einer halben Flasche Champagner und war froh, daß er bald zu Bett gehen konnte.
Den nächsten Morgen verbrachte er mit Vorbereitungen in seinem Zimmer. Er bezahlte seine Rechnung und veranlaßte, daß sein Koffer an Tracy in die *Vier Jahreszeiten* geschickt wurde. Dann setzte er sich mit einer Zeitung ans Fenster, schaute dem Betrieb auf der Straße zu, las zwischendurch und vergaß das Gelesene sofort wieder.
Als punkt zwölf das Telefon läutete, ging er hinunter zu dem grauen Peugeot, der ihn abholen sollte. Ché-Ché saß am Steuer. Er beanwortete Bonds Gruß kurz. Schweigend fuhren sie eine Stunde durch eine langweilige Landschaft; schließlich

bogen sie in einen schlammigen Seitenweg ein, der sich durch einen dichten Wald schlängelte, und kamen zu einer halbverfallenen Mauer. Hinter einem verrosteten Eisentor lag ein verwilderter Park. Sie passierten die verwitterte Fassade eines einst imposanten Schlosses und hielten vor einer großen Scheune, die in erstaunlich gutem Zustand war. Ché-Ché hupte dreimal kurz, sofort öffnete sich eine kleine Tür in dem großen Doppeltor. Marc-Ange trat heraus, begrüßte Bond vergnügt und rief: »Komm rein, lieber Freund. Du kannst mit mir eine gute Straßburger Wurst essen und einen ganz passablen Reichenweier Riesling trinken.«

Das Innere der Scheune erinnerte an ein Filmatelier: Scheinwerfer strahlten den plumpen Rumpf eines Hubschraubers an, und es wimmelte von Menschen. Bond erkannte einige Leute der *Union Corse*, die anderen waren wahrscheinlich einheimische Mechaniker. Zwei Männer auf Leitern waren eifrig damit beschäftigt, auf den Rumpf der Maschine rote Kreuze auf weißem Grund und die Erkennungsbuchstaben FL-BGS zu malen. Der Pilot wurde ihm vorgestellt, ein blonder junger Mann namens George. »Du wirst neben ihm sitzen«, sagte Marc-Ange zu Bond. »Er ist ein guter Pilot, kennt aber den letzten Teil der Strecke nicht und hat noch nie was vom Piz Gloria gehört. Nach dem Essen solltest du mit ihm mal die Route auf der Karte durchgehen.« Und auf französisch zu George: »Es wird bestimmt ein paar interessante Unterhaltungen mit der Schweizer Flugsicherung geben, nicht wahr, George?«

George erwiderte kurz: »Wir werden sie schon an der Nase herumführen«, und machte sich wieder an seine Arbeit, während Marc-Ange weiter die Verladung der »Waren« überwachte: Maschinenpistolen und kleine, in rotes Wachstuch gewickelte Pakete.

Später ließ Marc-Ange seine Mannschaft, einschließlich Bond, antreten und inspizierte rasch noch einmal die Handwaffen, zu denen bei seinen Leuten auch abgenutzte Schnappmesser gehörten. Die Männer trugen wie Marc-Ange nagelneue uniformähnliche graue Skianzüge. Er verteilte schwarze Armbinden mit der Aufschrift »Eidgenössische Gebirgspolizei«. Als er Bond eine aushändigte, erklärte er: »Es gibt natürlich keine Eidgenössische Gebirgspolizei, aber ich bezweifle, daß unsere Freunde vom SPECTRE das wissen. Auf jeden Fall werden die Binden zunächst großen Eindruck machen.«

Er schaute auf die Uhr, drehte sich um und rief auf französisch: »Zwei Uhr fünfundvierzig. Alles fertig? Dann los!«
Ein Traktor zog den Hubschrauber ins Freie, alle stiegen ein, der Pilot drückte auf den Starter, der Motor lief an. Die großen Rotorblätter drehten sich, und langsam löste sich die Maschine vom Boden.
Rasch waren sie über dem Rhein, und bald lag Basel unter einer Dunstglocke vor ihnen. Sie waren in einer Höhe von sechshundert Metern, die der Pilot zunächst einhielt. In Bonds Kopfhörern meldete sich die schweizerische Flugsicherung und ersuchte sie höflich, sich zu legitimieren. Als der Pilot nicht antwortete, wurde die Bitte drängender wiederholt. Jetzt erwiderte der Pilot auf französisch: »Ich verstehe Sie nicht.« Pause, dann kam das gleiche auf französisch. Der Pilot sagte: »Sprechen Sie bitte deutlicher.« Als das geschehen war, erklärte er: »Hubschrauber vom Roten Kreuz, mit Blutserum für Italien.« Nach kurzem Schweigen erkundigte sich eine andere Stimme: »Welches ist Ihr Bestimmungsort?« — »Einen Moment, bitte«, sagte der Pilot. »Ich habe es hier aufgeschrieben.« Nach einer Weile fragte er: »Sind Sie die Schweizer Flugsicherung?« — »Ja.« — »Hier ist FL-BGS. Mein Bestimmungsort ist das Ospedale Sante Monica in Como.« Wieder verstummte der Funk und meldete sich fünf Minuten später: »FL-BGS, FL-BGS. Ihre Maschine ist hier nicht verzeichnet. Wieso nicht?« — »Ihre Listen werden nicht auf dem laufenden sein. Das Flugzeug ist erst vor einem Monat zugelassen worden.« Abermals eine lange Pause. Jetzt tauchte Zürich vor ihnen auf, und der Kontrollturm Kloten schaltete sich ein: »FL-BGS. Sie haben den zivilen Luftraum verletzt. Landen Sie sofort und melden Sie sich bei der Flugkontrolle. Ich wiederhole: Landen Sie und melden Sie sich.« Empört erwiderte der Pilot: »Was soll das heißen: ›Landen Sie und melden Sie sich?‹ Haben Sie denn kein Gefühl für die leidende Menschheit? Wir transportieren Blutserum für einen todkranken italienischen Wissenschaftler nach Como. Haben Sie denn kein Herz? Wollen Sie einen Mord verantworten?« Dieser gallische Ausbruch verschaffte ihnen Ruhe, bis sie den Zürichsee hinter sich hatten. Bond lachte in sich hinein. Dann meldete sich wieder die schweizerische Flugsicherung: »FL-BGS, FL-BGS! Wer hat Ihnen die Erlaubnis für diesen Flug gegeben? Ich wiederhole: Wer hat Ihnen die Erlaubnis für diesen Flug gegeben?«
»Sie natürlich!«

Jetzt lagen die Alpen vor ihnen – schön und gefährlich in der Abendsonne. Bald waren sie im Schutz der Täler, den Radarschirmen entzogen. Die Flugsicherung mußte sich inzwischen darüber klargeworden sein, daß die lange Debatte auf jedem Flugplatz und von jedem Piloten, der an diesem Abend die Schweiz überflog, mitgehört würde. Die Stimme meldete sich sehr höflich, aber energisch: »FL-BGS, wir haben keine Unterlagen über Ihren Flug. Es tut mir leid, aber Sie verletzen den schweizerischen Luftraum. Kehren Sie bitte zum Flugplatz Kloten zurück, und melden Sie sich dort bei der Flugkontrolle.«

Der Hubschrauber schwankte. Ein Düsenjäger mit dem Schweizer Hoheitszeichen zischte an ihnen vorbei, zog eine große Schleife und kam wieder auf sie zu. Der Pilot sprach ärgerlich in sein Mikrophon: »Flugsicherung! Hier ist FL-BGS. Für weitere Auskünfte setzen Sie sich mit dem Internationalen Roten Kreuz in Genf in Verbindung. Ich bin nur der Pilot. Wenn Sie die Papiere verloren haben, so ist das nicht meine Schuld! Ich wiederhole – setzen Sie sich mit Genf in Verbindung. Und inzwischen rufen Sie bitte Ihre gesamte Luftwaffe zurück. Meine Passagiere werden davon luftkrank!« Die Stimme fragte zurück: »Wer sind Ihre Passagiere?« Der Pilot spielte seinen letzten Trumpf aus: »Vertreter der Weltpresse! Sie haben den ganzen Unsinn mit angehört. Viel Vergnügen bei der Lektüre der morgigen Zeitungen, meine Herren! Und tragen Sie bitte in Ihren Flugbüchern ein, daß ich nicht die russische Luftwaffe bin, die die Schweiz angreift!«

Nun trat Stille ein. Der Düsenjäger war verschwunden. Bond sah auf seine Uhr. Noch etwa zehn Minuten. Er drehte sich um und spähte durch die Luke hinunter. Die Gesichter von Marc-Ange und seinen Leuten waren angespannt und blaß. Bond hielt ermutigend den Daumen hoch und streckte alle zehn Finger aus.

Marc-Ange nickte. Bond wandte sich wieder nach vorn und suchte den steilen Gipfel, den er haßte und fürchtete.

24

Dort war er ja! Der Gipfel glänzte noch golden, das Plateau und die Gebäude waren schon in dunkelblaue Schatten gehüllt.

Bond deutete nach vorn. Der Pilot hielt den Motor auf der höchsten Tourenzahl. Als er nach links abdrehte, ertönte im Lautsprecher eine scharfe Stimme, erst auf deutsch und dann auf französisch: »Landung verboten! Das ist Privatbesitz. Ich wiederhole: Landung verboten!« Der Pilot schaltete das Funkgerät aus. Er hatte sich an Hand des Modells seinen Landeplatz ausgesucht, schwebte darüber und ließ sich langsam nieder. Die Maschine machte noch einen Sprung auf ihren Gummikufen und blieb dann stehen. Eine Gruppe Männer erwartete sie bereits. Acht! Bond erkannte einige. Alle hatten die Hände in den Taschen. Die Tür hinter Bond wurde aufgerissen, und die Union-Männer sprangen die Leiter hinunter. Die zwei Gruppen starrten einander an, und Marc-Ange sagte mit überzeugender Autorität: »Patrouille der Eidgenössischen Gebirgspolizei. Am Heiligen Abend hat es hier eine Schießerei gegeben. Wir müssen das untersuchen.«
Fritz, der »Oberkellner«, knurrte wütend: »Die örtliche Polizei ist bereits hier gewesen und hat ein Protokoll aufgenommen. Es ist alles in Ordnung. Bitte, verlassen Sie sofort das Gelände. Was ist überhaupt die ›Eidgenössische Gebirgspolizei‹? Davon habe ich noch nie etwas gehört.«
Der Pilot stieß Bond an und deutete nach links zu dem Gebäude, das den Grafen und das Laboratorium beherbergte. Ein Mann in Sturzhelm und Bobkleidung rannte auf dem Pfad zur Seilbahnstation. Marc-Anges Leute konnten ihn von unten nicht sehen. Bond schnellte von seinem Sitz hoch, lehnte sich aus der Tür und brüllte: »Der große Boss! Er haut ab!«
Während er hinaussprang, rief einer der SPECTRE-Männer: »Der Engländer! Der Spion!« Und als Bond nach rechts lief, brach die Hölle los. Die erste Salve aus den schweren Pistolen der SPECTRE-Männer erdröhnte ... Kugeln pfiffen Bond um die Ohren ... Dann die donnernde Antwort der Union-Leute mit ihren Maschinenpistolen ...
Bond bog um die Ecke des Klubhauses. Hundert Meter unter ihm auf dem Abhang hatte der Mann mit dem Sturzhelm in der Seilbahnstation die Tür des Bobkellers aufgerissen. Er tauchte mit einem Einmannskeleton wieder auf, den er als Schild vor sich hielt, und schoß aus einer Automatik auf Bond. Bond kniete nieder, umklammerte seine Pistole mit beiden Händen und feuerte auf den Mann, der zu der wenige Meter entfernten glitzernden Gloria-Expreß-Bobbahn rannte. Bond

erhaschte im Mondschein einen Blick auf sein Profil. Es war Blofeld! Während Bond noch den Abhang hinunterlief, hatte sich Blofeld auf den Skeleton geworfen und war in der Dunkelheit verschwunden. Bond raste zum Schuppen. Nur Viermannbobs und Zweimannbobs ... Nein, da war noch ein Skeleton ... Er zog ihn hastig heraus, stürzte zum Start und sauste wie der Teufel die dunkelblaue Schlucht hinunter. Er versuchte, mit den Stiefelspitzen zu bremsen. Aber es nützte wenig. Was kam zuerst auf dieser verdammten Bahn? Eine weite Kurve! Bond wurde hoch an den Rand hinaufgetragen, riß den Bob verzweifelt nach rechts und tauchte wieder in die dunkle Schlucht hinunter. Und jetzt? Hätte er sich doch die Karte genauer eingeprägt! Jetzt flog er mit dem Schlitten einige Meter durch die Luft. Der Aufprall nahm ihm den Atem. Verzweifelt bohrte er die Stiefelspitzen in das Eis. Die Geschwindigkeit verringerte sich kaum. Das war also der »Todessprung« gewesen! Wie hieß doch die Strecke danach? »Schnellschuß«! Wahrhaftig, das stimmte! Zweihundert Meter, auf denen er fast hundert Stundenkilometer erreichte. Vor ihm tauchte die S-Kurve auf. Auf der Bahn sah er deutlich die Spuren von Blofelds Schlitten und Stiefelspitzen. Er legte sich in die Kurve, krachte mit einem Ellbogen heftig gegen die Steilwand, wurde in die Gegenkurve geschleudert und raste dann auf der Geraden weiter. Geschafft! Aber der Ellbogen brannte wie Feuer! Er biß die Zähne aufeinander. Und er hatte erst die Hälfte hinter sich!

Auf einmal sah er Blofeld vor sich! Bond riskierte es, stützte sich mit einer Hand auf und griff mit der anderen nach der Pistole. Blofeld verschwand im Schatten der nächsten Kurve. »Freude der Hölle!« Wenn er durchkäme, könnte er auf der folgenden Geraden vielleicht einen Schuß anbringen. Der Bob schleuderte durch die Kurve. Der andere war nur fünfzig Meter vor ihm. Bond hielt den Atem an und feuerte zwei Schüsse ab. Sie waren gut gezielt, aber jetzt war Blofeld wieder im Schatten untergetaucht. Doch Bond holte immer mehr auf. Du bist ein toter Mann! Du kannst nicht anhalten oder zurückschießen! Ich bin hinter dir her wie der Blitz! Bald sind es nur noch zehn ... fünf Meter ... Und dann ist es aus!

Der »Knochenschüttler« machte seinem Namen alle Ehre. Bond verlor fast seine Pistole. Vorbei! Er atmete tief ein. Jetzt kam wieder eine gerade Strecke! Aber da ... vor ihm auf der Bahn ... etwas Schwarzes ... nicht größer als eine Zi-

trone ... es hüpfte wie ein Gummiball ... Hatte Blofeld, der nur noch dreißig Meter vor ihm lag, etwas verloren?
Und dann wußte er es ... Verzweifelt bohrte er die Stiefelspitzen ins Eis ... Hoffnungslos ... Immer schneller raste er auf das hüpfende Ding zu ... Auf die Eierhandgranate ... Bond bremste nicht mehr ... Er konnte nur noch beten und versuchen, an der Handgranate vorbeizukommen ... Da explodierte die ganze Bahn ... Er wurde mit seinem Schlitten durch die Luft geschleudert, landete im tiefen Schnee ... und dann wurde alles schwarz.
Eine ohrenbetäubende Detonation auf dem Berg brachte ihn wieder zu sich. Er steckte bis an die Hüften im Schnee. Trotz seiner Benommenheit blickte er hinauf. Das mußte das Klubgebäude sein. Flammen loderten auf, eine große Rauchwolke stieg zum Himmel. Eine weitere Explosion – das ganze Plateau flog in die Luft, riesige Felsbrocken und Schneemassen wirbelten durcheinander. Jetzt explodierte die Bergstation. Er beobachtete fasziniert, wie die dicken Kabel die Spannung verloren und sich bergab auf ihn zuschlängelten. Es blieb ihm nichts übrig, als zuzusehen und abzuwarten. Wenn er getroffen würde, war es eben aus mit ihm. Doch sie sausten an ihm vorbei, wickelten sich einen Augenblick um einen Mast, rissen ihn um und verschwanden dann hinter dem Bergsattel.
Bond begann seinen Körper abzutasten. Die aufgeschürften Ellbogen kannte er schon, aber seine Stirn schmerzte jetzt höllisch. Er rieb sie mit einer Handvoll Schnee ab. Das Blut glänzte schwarz im Mondschein. Doch es schien nichts gebrochen zu sein. Er beugte sich über den Schlitten. Beide Kufen waren verbogen, und die Streben klapperten, da sich die Bolzen gelockert hatten. Aber es mußte einfach gehen. Er hatte keine andere Möglichkeit, den Berg hinunterzukommen. Seine Pistole? Natürlich – ebenfalls zum Teufel. Mühsam kletterte Bond die Steilwand hinab. Auf der vereisten Bahn warf er sich auf den Schlitten und fuhr weiter. Die verbogenen Kufen erwiesen sich als ein Segen, da sie erheblich bremsten. Es waren zwar noch einige Kurven, aber bei einem Tempo von kaum fünfzehn Stundenkilometern waren sie ein Kinderspiel. Bald hatte er die »Paradies-Allee« erreicht, die letzte Gerade, auf der er allmählich zum Halten kam. Er ließ den Bob stehen und kletterte die niedrige Eiswand hinauf. Hier war der Schnee von den Zuschauern hartgetreten, und er stapfte langsam weiter. Was würde ihn im Tal bei der Seilbahnstation

erwarten? Blofeld? Das würde für Bond den sicheren Tod bedeuten. Doch die Station war in Dunkel gehüllt, die zerrissenen Kabel schleiften auf dem Boden. Ein teurer Spaß! Und was war aus Marc-Ange und seinen Leuten und dem Hubschrauber geworden?

Da hörte er über sich in den Bergen das Rattern des Motors, der plumpe, schwarze Rumpf tauchte auf und verschwand im Tal.

Und nun gellte auf der altvertrauten Straße von Samaden die Sirene der Feuerwehr. An den roten Blinklichtern erkannte er, daß sie noch etwa zwei Kilometer entfernt war. Inzwischen war er bei der dunklen Seilbahnstation angelangt und hatte sich eine Geschichte zurechtgelegt. Er stieg auf die Böschung hinter dem Gebäude und schaute sich um. Kein Mensch! Nichts außer den Reifenspuren eines Autos vor dem Eingang. Blofeld hatte wohl vor seiner Flucht vom Piz Gloria seinen Mann hier unten angerufen und war in dessen Wagen geflüchtet. Wohin? Die Reifenspuren bogen nach links ab. Er dürfte also jetzt schon am Bernina-Paß, auf dem Weg nach Italien sein.

Das rote Feuerwehrauto hielt vor der Seilbahnstation. Einige Männer eilten ins Gebäude, andere sahen zum Piz Gloria hinauf, wo noch immer ein roter Feuerschein loderte. Einer, anscheinend der Hauptmann, kam auf Bond zu, salutierte und überschüttete ihn mit einem schweizerdeutschen Wortschwall. Bond schüttelte den Kopf. Der Mann versuchte es auf französisch, Bond verneinte abermals. Ein anderer, der gebrochen Englisch sprach, wurde geholt. »Was ist eigentlich passiert?« fragte er.

»Keine Ahnung. Ich habe einen Tagesausflug von Zürich gemacht und in Pontresina meinen Bus verpaßt. Da wollte ich zu Fuß nach Samaden und dort den Zug nehmen. Unterwegs habe ich die Explosionen oben auf dem Berg gehört«, er deutete vage in die Richtung, »und bin hinter der Station auf die Böschung geklettert, um besser sehen zu können. Und dann weiß ich nur noch, daß ich einen Schlag auf den Kopf bekam und hinuntergestürzt bin.« Er wies auf seine blutende Stirn und die aufgeschlagenen Ellbogen. »Vermutlich hat mich das gerissene Kabel getroffen und umgeworfen. Haben Sie Verbandzeug bei sich?«

»Ja, natürlich.« Der Mann rief einen Kollegen mit der Rot-Kreuz-Binde herbei, der einen schwarzen Kasten aus dem Wagen holte und Bond zur Toilette der Station führte. Dort wusch er im Schein einer Taschenlampe die Wunden aus, pinselte viel Jod drauf und verklebte sie mit breiten Leukoplaststreifen. Als Bond sich im Spiegel betrachtete, mußte er lachen. Eine schöne Figur würde er auf dem Standesamt machen! Der Sanitäter grinste mitfühlend, nahm eine kleine Flasche Cognac aus dem Kasten und reichte sie Bond, der dankbar einen großen Schluck trank. Der Dolmetscher erschien und erklärte: »Im Moment können wir nichts tun. Wir brauchen einen Hubschrauber von der Bergwacht. Wir müssen nach Samaden zurück und Meldung erstatten. Wollen Sie mitfahren?«

»Und ob«, antwortete Bond freudig. Niemand fragte ihn, warum er mitten in der Nacht auf der Straße herumlief, statt ein Taxi zu mieten. Am Bahnhof in Samaden verabschiedete er sich.

Nach einer Fahrt im ratternden Personenzug bis Chur und dann mit dem Schnellzug nach Zürich traf Bond um ein Uhr morgens vor der Haustür des Leiters von Station Z in der Bahnhofstraße ein. Obwohl er im Zug ein bißchen geschlafen hatte, konnte er sich kaum noch auf den Beinen halten. Müde drückte er auf die Klingel unter dem Namen »Muir«, bis ein zerzauster Mann im Pyjama die Tür einen Spalt breit öffnete.

»Verdammt noch mal, was ist denn los?« fragte er wütend mit englischem Akzent. Bond antwortete: »Ich bin's. Tut mir leid, es ist wieder 007.«

»Großer Gott! Kommen Sie rein!« Muir blickte vorsichtig nach rechts und links auf die Straße. »Ist jemand hinter Ihnen her?«

»Ich glaube nicht.« Bond trat in die warme Diele. Muir betrachtete ihn von oben bis unten. »Was ist denn mit Ihnen passiert? Sie sehen ja aus, als ob Sie durch die Mangel gedreht wurden. Trinken Sie erst mal was.«

Er führte ihn in ein gemütliches Wohnzimmer und wies auf die Anrichte. »Bedienen Sie sich. Ich sage rasch Phyllis Bescheid, damit sie sich nicht ängstigt. Oder soll sie Sie schnell verarzten?«

»Nein, danke. Ein Drink wird mich schon wieder auf die Beine bringen. Herrlich warm ist's hier. In meinem ganzen Leben will ich nie wieder einen Fetzen Schnee sehen.«

Muir kam bald wieder zurück. »Phyllis macht Ihnen das Bett im Gastzimmer zurecht. Und jetzt«, er goß sich wenig Whisky und viel Soda ein und setzte sich ihm gegenüber, »erzählen Sie . . . was Sie können.«

»Die gleiche Sache wie neulich, nur das nächste Kapitel. Es ist besser, wenn Sie nichts darüber wissen. Ich wäre überhaupt nicht zu Ihnen gekommen, wenn ich nicht unbedingt M eine chiffrierte Nachricht per Fernschreiber schicken müßte. Würden Sie so freundlich sein?«

»Natürlich.« Muir schaute auf seine Uhr. »Halb drei. Eine scheußliche Zeit, den alten Mann zu wecken. Aber das ist Ihre Sorge.« Er ging voran ins Nebenzimmer und nahm ein paar Bücher aus dem Regal. Dahinter war ein Fernschreiber verborgen. Er schaltete ihn ein und sagte: »Ich bin soweit. Schießen Sie los!«

Bond hatte sich auf der Bahnfahrt einen Text zurechtgelegt, den M verstand, Muir aber nicht. Er diktierte: »BAU FERTIGGEMACHT STOP EINZELHEITEN FEHLEN DA IM ALLEINGANG HINTER BESITZER HER STOP DIESER INZWISCHEN VERMUTLICH IN ITALIEN STOP SENDE VON STATION M AUS VOLLEN BERICHT STOP NEHME DANKBAR ZEHN TAGE URLAUB UNTERSCHRIFT 007«.

Muir chiffrierte den Text und gab ihn durch.

Bond sah ihm zu. Wie stickig es in dem Zimmer war! Kalter Schweiß trat ihm auf die Stirn. Er fuhr sich mit der Hand übers Gesicht, murmelte etwas Unverständliches über »diesen verfluchten Berg« und stürzte zu Boden.

25

Tracy starrte ihn entgeistert an, als sie ihn am Münchener Flughafen abholte, hielt aber die Tränen zurück, bis sie in dem kleinen Lancia saßen. »Was haben sie mit dir gemacht?« schluchzte sie. »Was haben die denn jetzt wieder mit dir gemacht?«

Er nahm sie in die Arme. »Keine Sorge, Liebling, es ist nichts weiter. Die paar Kratzer sind nicht der Rede wert. Sei kein Frosch, das kann jedem passieren.« Er streichelte ihr Haar, zog sein Taschentuch heraus und wischte ihr die Tränen ab.

Sie schob seine Hand beiseite und lachte. »Jetzt hast du mir meine Wimperntusche verschmiert, und ich hatte sie extra für dich so schön aufgetragen. Als du mir gesagt hast, du müßtest noch für ein paar Tage fort, um etwas in Ordnung zu bringen, wußte ich ja gleich, daß du wieder in einen Schlamassel geraten würdest. Vorhin rief mich Papa an und hat gefragt, ob ich dich schon gesehen hätte. Er tat höchst geheimnisvoll

und schien sehr besorgt zu sein. Und jetzt die Geschichte über den Piz Gloria in den Zeitungen. Und dein Anruf aus Zürich heute morgen klang auch so mysteriös. Da war mir klar, daß du in die Sache verwickelt bist.« Sie ließ den Motor an. »Schon gut, ich werde dich nichts fragen. Entschuldige, daß ich geweint habe.« Wütend fügte sie hinzu: »Du bist so ein Idiot! Du Egoist denkst nicht mal dran, daß sich jemand deinetwegen Sorgen machen könnte!«
Bond drückte ihre Hand. Er haßte Szenen, aber sie hatte recht. Er hatte nicht an sie gedacht, nur an seine Arbeit. Es war ihm nie in den Sinn gekommen, daß jemand sich wirklich um ihn sorgen könnte. Aber bald, in drei Tagen, würde alles anders. Künftig würden nicht nur May und Mary Goodnight jammern, wenn er von einem Auftrag als krankenhausreifer Fall zurückkehrte. Wenn ihm jetzt etwas zustieße, stürbe ein Teil von Tracy mit ihm.
Der kleine Wagen schlängelte sich geschickt durch den Verkehr. »Es tut mir leid, Tracy, aber das mußte sein. Ich konnte mich da einfach nicht zurückziehen. Ich wäre jetzt nicht so glücklich, wenn ich mich gedrückt hätte. Siehst du das ein?«
Sie streichelte seine Wange. »Ich hätte dich gar nicht so lieb, wenn du kein Pirat wärst. Ich werde mich schon daran gewöhnen. Bleib nur, wie du bist. Ich will dich nicht ummodeln, wie andere Frauen ihre Männer. Ich will mit *dir* leben, mit niemand sonst. Aber sei nicht böse, wenn ich ab und zu heule wie ein Schloßhund. Das ist nur aus Liebe. Die neueste Ausgabe der ›Süddeutschen Zeitung‹ bringt die ganze Geschichte, sie liegt hinter dir auf dem Boden.«
Da stand es, auf der ersten Seite, unter der Überschrift: »Von unserem Korrespondenten in St. Moritz: MYSTERIÖSE EXPLOSION AUF DEM PIZ GLORIA. Seilbahn zum Millionärs-Klub zerstört.« Das wurde im Text etwas ausführlicher geschildert. Die Polizei würde am nächsten Morgen mit einem Hubschrauber Nachforschungen anstellen. Die nächste Schlagzeile fesselte Bonds Aufmerksamkeit. KINDERLÄHMUNG BEDROHT ENGLAND. Es folgte ein kurzer Reuterbericht aus London, vom Vortag datiert. »Die neun Mädchen, die auf verschiedenen britischen Flugplätzen zurückgehalten wurden, weil sie mit einer polioverdächtigen Person, ebenfalls einer Engländerin, auf dem Flugplatz Kloten in Berührung gekommen sein sollen, stehen immer noch unter Quarantäne. Wie ein Vertreter des Gesundheitsministeriums dazu erklärt,

handelt es sich um eine reine Vorsichtsmaßnahme. Miss Violet O'Neill, eine gebürtige Irin, die möglicherweise an Kinderlähmung erkrankte, wurde zur Beobachtung in eine Klinik in Shannon eingeliefert.«

Bond lächelte vor sich hin. Wenn man sie mit der Nase daraufstieß, konnten die Engländer so etwas sehr gut und rasch erledigen. Wieviel minuziöse Zusammenarbeit von Regierungsstellen war erforderlich gewesen, um diese kurze Meldung zu ermöglichen? Bond warf die Zeitung hinter sich.

Der Fall war abgeschlossen, der Auftrag erledigt.

Aber der große Boss war entkommen!

Gegen drei Uhr waren sie im Hotel. Es war eine Nachricht für Tracy da, Marc-Ange sofort im *Maison Rouge* in Straßburg anzurufen. Sie gingen hinauf in ihr Zimmer und ließen sich die Verbindung geben. »Er ist hier, Papa, und fast in einem Stück.« Dann reichte sie Bond den Hörer.

Mark-Ange fragte: »Hast du ihn?«

»Nein. Er ist jetzt in Italien, wenigstens nehme ich das an; er ist in die Richtung gefahren. Wie hast du es geschafft? Es sah von unten großartig aus.«

»Zufriedenstellend, alles in allem.«

»Verluste?«

»Ja. Zwei Mann. Unser Freund hatte in seinem Arbeitszimmer eine Überraschung hinterlassen. Ché-Ché hat ins Gras beißen müssen. Der zweite schoß nicht schnell genug. Der Rückflug war recht unterhaltsam. Ich erzähle dir das morgen. Ich fahre heute die Nacht in meinem Schlafwagen durch.«

»Und was ist mit Irma Bunt, der Sekretärin?«

»Spurlos verschwunden.«

»Vielen Dank, Marc-Ange. Die Nachrichten aus England sind gut. Bis morgen also.«

Bond legte auf. Tracy, die sich diskret ins Badezimmer zurückgezogen hatte, fragte: »Darf ich kommen?«

»Einen Moment noch, Liebling.« Er rief die Station M an und verabredete sich mit dem Leiter, Fregattenkapitän Savage, den er flüchtig kannte, in einer Stunde. Dann holte er Tracy aus dem Bad, und sie machten Pläne für den Abend.

Schließlich ging er in sein Zimmer. Sein Koffer war bereits ausgepackt und an seinem Bett stand eine Schale mit Krokussen, die er aufs Fensterbrett stellte. Er duschte rasch, was durch die Verbände erschwert wurde, zog einen dunkelblauen Anzug an, setzte sich an den Schreibtisch und entwarf den Be-

richt an M. Dann nahm er seinen dunkelblauen Regenmantel und ging zum Odeonsplatz.
(Wenn er nicht so in Gedanken vertieft gewesen wäre, hätte er auf der anderen Straßenseite eine Frau bemerken müssen: Eine unförmige Gestalt im schäbigen dunkelgrünen Lodenumhang, die bei seinem Anblick erstaunt stehenblieb, die Fahrbahn überquerte und sich an seine Fersen heftete. Sie schien Übung darin zu haben. Und als er in einem Haus am Odeonsplatz verschwand, wartete sie gegenüber, bis er wieder herauskam. Sie folgte ihm bis zu den *Vier Jahreszeiten*. Nachdem sie festgestellt hatte, daß er dort abgestiegen war, fuhr sie in einem Taxi in ihre Wohnung und meldete ein Ferngespräch mit dem Hotel *Metropole* in Como an.)
Auf Bonds Schreibtisch war eine eindrucksvolle Batterie von Medikamenten und Verbandzeug aufgebaut. Er rief Tracy an. »Was soll das heißen? Hast du einen Hauptschlüssel?«
Lachend erwiderte sie: »Ich habe mich mit dem Zimmermädchen angefreundet. Sie hat mehr Verständnis für Verliebte als du. Warum hast du die Blumen weggestellt?«
»Sie sind entzückend. Aber ich finde, sie sehen am Fenster hübscher aus, und dort kriegen sie Sonne. Jetzt mache ich dir einen Vorschlag: Wenn du zu mir kommst und meine Verbände erneuerst, spendiere ich dir nachher in der Bar einen Drink und mir drei. Das ist das richtige Verhältnis zwischen Mann und Frau. Einverstanden?«
»Gut.« Sie legte auf.
Es schmerzte höllisch. Bond konnte nicht verhindern, daß ihm Tränen in die Augen traten. Sie küßte sie weg. Beim Anblick seiner Wunden war sie kreideweiß geworden.
»Du solltest zu einem Arzt gehen«, sagte sie.
»Ich bin ja gerade bei einem, beim allerbesten. Du hast es wunderbar gemacht. Ich weiß nur noch nicht, wie wir miteinander schlafen sollen.«
»Das werden wir schon sehen. Aber nicht heute nacht und auch morgen nicht. Erst wenn wir verheiratet sind.«
»Jetzt wollen wir aber endlich etwas trinken«, sagte er energisch. »Wir haben noch alle Zeit der Welt, um über Liebe zu reden.«
»Du *bist* ein Schuft«, rief sie empört. »Wir haben so viel zu besprechen, und du denkst nur ans Saufen.«
Er lachte, umarmte und küßte sie lange und leidenschaftlich. »So, das ist der Anfang, der langweiligere Teil folgt in der

Bar. Dann essen wir fürstlich und unterhalten uns über Eheringe, ob wir in einem oder zwei Betten schlafen werden, ob ich genügend Laken und Kissenbezüge für zwei habe und andere aufregende Dinge.«
In der Nacht kam Marc-Ange mit seinem gigantischen Wohnwagen an. Sie aßen vergnügt zu dritt und klapperten dann alle Antiquitätenläden auf der Suche nach einem Verlobungs- und Ehering ab. Der traditionelle glatte Goldreif war bald gefunden, aber Tracy konnte sich für keinen Verlobungsring entscheiden und schickte schließlich Bond allein auf die Jagd, während sie sich um ihr Kleid kümmern wollte. Bond nahm sich einen Mietwagen und fuhr mit dem Chauffeur, einem ehemaligen Kampfflieger, die ganze Stadt ab, bis er in einem Antiquitätengeschäft beim Nymphenburger Schloß das entdeckte, was er suchte: einen Barockring in Weißgold mit zwei ineinander verschlungenen Händen aus Brillanten. Es war reizend und schlicht, dem Chauffeur gefiel er auch, und so wurde der Kauf getätigt. Die beiden feierten ihn im Franziskaner, wo sie Berge von Weißwürsten vertilgten, jeder vier Maß Bier tranken und sich hoch und heilig schworen, nie wieder gegeneinander zu kämpfen. Glücklich über seinen letzten Junggesellenbummel, kehrte Bond reichlich beschwipst ins Hotel zurück, ging stracks hinauf zu Tracy und steckte ihr den Ring an den Finger.
Sie brach in Tränen aus und beteuerte unter Lachen und Weinen, es sei der schönste Ring der Welt. Als er sie küßte, kicherte sie: »Du stinkst ja gräßlich nach Bier und Wurst. Wo bist du gewesen?«
Er erzählte es ihr, und sie lachte herzlich. Dann rief Marc-Ange an und bat Bond, in die Bar zu kommen.
Bond fand nach reiflicher Überlegung, Schnaps passe hervorragend zu Bier und bestellte einen doppelten Steinhäger. Marc-Ange sah ihn ernst an. »Hör mal gut zu, James. Vor ein paar Monaten habe ich dir ein Angebot gemacht. Damals hast du abgelehnt, aber jetzt hast du angenommen. Wie heißt deine Bank?«
Bond erwiderte wütend: »Halt's Maul, Marc-Ange! Wenn du glaubst, ich lasse mir von dir oder sonst wem eine Million Pfund schenken, irrst du dich gewaltig. Ich habe genug Geld, Tracy auch. Es macht nur Spaß, wenn man sparen muß, um sich etwas zu kaufen, das man gern haben möchte.«
Marc-Ange knurrte. »Du bist besoffen. Du weißt nicht, was du

redest. Eine Million ist nur ein Fünftel meines Vermögens. Verstehst du? Tracy ist daran gewöhnt, alles zu bekommen, was sie sich wünscht, und ich will, daß das so bleibt. Sie ist mein einziges Kind. Du kannst sie nicht mit einem kümmerlichen Beamtengehalt ernähren. Du mußt das annehmen.«
»Wenn du mir das Geld gibst, schwöre ich dir, daß ich es für wohltätige Zwecke stifte! Soll es ein Altersheim für Hunde bekommen? Dann rück es nur raus!«
Marc-Ange sah ihn flehend an. »Soll ich ein Konto für eure Kinder einrichten?«
»Noch schlimmer. Ich will nicht, daß unsere Kinder mit Geld um sich werfen können. Ich habe nie viel gehabt, und ich habe es auch nie gebraucht. Wenn ich ein Vermögen geerbt hätte, dann wäre ich wie all diese Playboys geworden, diese ehemaligen Freunde von Tracy, über die du dich so beklagt hast. Nein, Marc-Ange.« Er trank energisch seinen Steinhäger aus. »Es ist nicht gut, zuviel Geld zu haben.«
Marc-Ange schien den Tränen nahe zu sein. Bond wurde weich: »Es ist sehr lieb von dir, Marc-Ange, und ich weiß es auch zu schätzen. Ich verspreche dir hoch und heilig, daß ich zu dir komme, wenn wir Hilfe brauchen. Vielleicht wollen wir eines Tages ein Häuschen auf dem Land oder haben einen kleinen Zuschuß für die Kinder nötig. Abgemacht?«
Mißtrauisch blickte ihn Marc-Ange an. »Dein Wort darauf? Du wirst mich nicht wieder betrügen?«
Bond nahm seine Hand und drückte sie herzlich. »Ehrenwort! Aber jetzt reiß dich zusammen. Tracy denkt sonst noch, wir hätten Streit gehabt.«
»Haben wir ja auch«, bemerkte Marc-Ange düster. »Und es ist das erstemal, daß ich verloren habe.«

26

»Ja.«
Dieses Wort sagte James Bond an einem kristallklaren Neujahrstag um halb elf Uhr morgens im Salon des britischen Generalkonsuls.
Und es war ihm ernst.
Der Generalkonsul hatte die Dauer des Aufgebots erheblich gekürzt. »Sie haben eine böse Kopfverletzung, Commander Bond, und die Gräfin ist etwas blaß«, hatte er bei ihrem ersten

Besuch erklärt. »Ich habe daher vorsichtshalber eine Sondergenehmigung beim Foreign Office eingeholt, die erstaunlicherweise sofort erteilt wurde. Also wollen wir es am Neujahrstag erledigen, und zwar in meiner Wohnung.«
Die Unterschriften wurden vollzogen. Der Leiter der Station M, Bonds Trauzeuge, hatte einen Sack Konfetti mitgebracht, den er hauptsächlich über Marc-Ange ausschüttete.
Dann gingen sie hinunter zu dem bereitstehenden Lancia. Jemand hatte weiße Bänder von den Ecken der Windschutzscheibe bis zur Kühlerfigur gezogen, vermutlich die Frau des Generalkonsuls. Dieser schüttelte Bond die Hand und sagte: »Leider ist es nicht gelungen, die Sache so geheimzuhalten, wie wir wollten. Eine Reporterin der ›Bunten Illustrierten‹ war heute morgen da. Sie hat sich nicht vorgestellt. Aber ich kam nicht drum herum, ihr die nackten Tatsachen mitzuteilen. Vor allem wollte sie den genauen Termin der Trauung wissen, um einen Fotografen zu schicken. Na, das ist Ihnen wenigstens erspart geblieben. Wahrscheinlich sind die alle noch blau. Also alles Gute und viel Glück!«
Tracy trug ein dunkelgraues Tiroler Kostüm, warf den Hut mit dem Gamsbart auf den Rücksitz, stieg ein und drückte auf den Anlasser. Der Motor sprang an, und sie brausten durch die leere Straße davon.
An der Einfahrt zur Autobahn nach Salzburg sagte Bond: »Sei ein Schatz und halte einen Moment an, Tracy. Ich muß zwei Dinge tun.«
Auf dem Grünstreifen nahm er sie in die Arme und küßte sie zärtlich. »Das ist das erste. Und zweitens möchte ich dir sagen, daß ich auf dich aufpassen werde, Tracy. Hast du etwas dagegen?«
Lächelnd sah sie ihn an. »Ich muß aber auch auf dich achtgeben, du brauchst es. Das ist wohl der Sinn einer Ehe.«

»Einverstanden. Und jetzt nehme ich diese Bänder weg. Ich will nicht wie ein Faschingsprinz durch die Gegend gondeln.« Er stieg aus und entfernte die Bänder. Die Sonne schien warm von einem wolkenlosen Himmel. »Wird es zu kalt, wenn wir das Verdeck runterlassen?« fragte er.
»Nein. So sehen wir ja nur die Hälfte. Die Fahrt nach Kitzbühel ist so herrlich, und außerdem können wir es ja jederzeit wieder hochklappen.«
Auf der Autobahn herrschte lebhafter Verkehr. Vor der großen Tankstelle entdeckte Bond einen offenen, grellroten Maserati. Ein richtiger Rennwagen mit einem sportlichen Paar in weißen Staubmänteln und Kinnhauben. Große dunkelgrüne Autobrillen verdeckten die Gesichter fast völlig. Die typische Uniform der Sonntagsrennfahrer. Sie waren zu weit entfernt, so daß er nicht erkennen konnte, ob sie ebenso attraktiv waren wie der Wagen. Die Figur der Frau wirkte jedenfalls nicht gerade vielversprechend. Bond setzte sich wieder neben Tracy, und sie fuhren durch die wunderschöne Landschaft.
Bald hatten sie Rosenheim hinter sich. Vor ihnen tauchten die hohen schneebedeckten Gipfel auf. Der Verkehr hatte nachgelassen. Auf lange Strecken waren sie die einzigen auf der Straße, die zwischen weißen Wiesen und Tannenwäldchen auf die glitzernden Berge zuführte. Bond blickte zurück. Weit hinten sah er einen roten Fleck. Der Maserati? Die hatten anscheinend nicht viel Sportgeist, daß sie den Lancia, der nur 125 draufhatte, nicht einholten. Was hatte man von so einem Wagen, wenn man ihn nicht so fuhr, daß man alle anderen im Rückspiegel sieht? Doch vielleicht tat er ihnen Unrecht, vielleicht wollten auch sie nur die Gegend genießen.
Zehn Minuten später sagte Tracy: »Ein roter Wagen überholt uns bald, soll ich ihn abhängen?«
»Laß ihn ruhig vorbei, wir haben ja alle Zeit der Welt.«
Jetzt würde er gleich das Dröhnen der Achtzylinder-Maschine hören. Bond beugte sich nach links und winkte den Maserati vorbei.
Ein Donnern ... Die Windschutzscheibe des Lancia verschwand wie von einer Riesenfaust getroffen ... Ein verkrampfter, gehässiger Mund unter einer syphilitischen Nase ... Das Aufblitzen einer Maschinenpistole ... Der rote Wagen war vorbei. Der Lancia schlitterte über den Grünstreifen am Straßenrand, quer über eine schneebedeckte Wiese und krachte mit voller Wucht gegen einen Baum. Bonds

Kopf prallte gegen den Rahmen der Windschutzscheibe. Er verlor das Bewußtsein.

Als er zu sich kam, schüttelte ihn ein junger Polizist von der Autobahnstreife: »Was ist denn passiert? Was ist passiert?«

Bond drehte sich zu Tracy um. Sie lag mit dem Gesicht auf dem zertrümmerten Steuerrad. Das rosa Kopftuch war heruntergerutscht. Eine blonde Haarwelle verbarg sie. Er legte den Arm um ihre Schulter, auf der sich dunkle Flecken auszubreiten begannen, und drückte sie an sich. Dann sah er zu dem jungen Mann auf und lächelte beruhigend.

»Es ist alles in Ordnung«, sagte er klar und deutlich, wie zu einem Kind. »Es ist alles in Ordnung. Sie ruht sich nur ein bißchen aus. Wir fahren bald weiter. Wir haben es nicht eilig. Wissen Sie«, er lehnte den Kopf an ihren und flüsterte in ihr Haar, »wissen Sie, wir haben nämlich alle Zeit der Welt.«

Der junge Polizist warf noch einen verstörten Blick auf das reglose Paar, rannte zu seinem Motorrad, packte das Handmikrophon und machte der Rettungsstation Meldung.